KB058029

중학 생활 날개 달기 ❷
일단 시작해 봐!

중학 생활 날개 달기 ❷

일단 시작해 봐!

초판 1쇄 발행 2020년 7월 29일
개정판 1쇄 발행 2024년 7월 22일

지은이 이명랑
그림 뻑새(김수현)
펴낸이 이범상
펴낸곳 (주)비전비엔피 · 애플북스

기획편집 차재호 김승희 김혜경 한윤지 박성아 신은정
디자인 김혜림 최원영 이민선
마케팅 이성호 이병준 문세희
전자책 김성화 김희정 안상희 김낙기
관리 이다정

주소 우) 04034 서울특별시 마포구 잔다리로7길 12 (서교동)
전화 02) 338-2411 | 팩스 02) 338-2413
홈페이지 www.visionbp.co.kr
인스타그램 www.instagram.com/visioncorea
포스트 post.naver.com/visioncorea
이메일 visioncorea@naver.com
원고투고 editor@visionbp.co.kr

등록번호 제313-2007-000012호

ISBN 979-11-92641-37-9 04810

· 값은 뒤표지에 있습니다.
· 잘못된 책은 구입하신 서점에서 바꿔드립니다.

이명랑
청소년 소설

일단
시작해 봐!

머리말

《일단 시작해 봐!》개정판을 출간하며

　정말? 정말 꿈이 없었다고?

　꿈이 없었다는 어른들이 왜 이렇게 많은 거지?

　〈중학 생활 날개 달기〉 시리즈의 2권인 《일단 시작해 봐!》는 바로 이 질문에서 시작됐습니다. 어느 날, 평소 친하게 지내던 엄마들을 만났어요. 이런저런 이야기를 하는 중에 한 엄마가 "어렸을 때 꿈이 뭐였어?"라는 질문을 했어요. 그러자 모두 번개라도 맞은 듯한 얼굴을 하는 거였어요. 고개를 갸웃거리고, 눈을 꿈뻑거리고, 헛기침을 하다 길게 한숨을 내쉬지 뭐예요.

　"그러게. 난 꿈이 뭐였지?"

　"진짜 한 번도 꿈이 없었어."

　놀랍게도 거기 모여있던 열 명의 엄마들 중 아무도

대답을 하지 못했어요. 오로지 나만 꿈이 있는 삶을 살았던 거죠. 난 14살에 작가라는 꿈을 만났고, 오로지 그 꿈을 이루기 위한 삶을 살아왔으니까요.

단 한 번도 꿈을 가져보지 못했다는 엄마들이 내게 물었어요. 꿈이 있는 삶은 어떤 거냐고. 망설일 필요가 없었어요. 곧장 대답할 수 있었죠. 그렇지만 나는 대답 대신 질문을 던졌어요.

"꿈이 없는 삶은 어땠는데?"

내 질문에 다들 앞다퉈 대답했어요.

"뭘 해야될 지 몰라서 정말 많이 방황했어."

"늘 무언가 부족한 느낌이야."

"내 인생에 구멍이 뚫려있는 것 같아."

어렸을 때부터 지금까지 계속 꿈이 없었다는 엄마들의 이야기를 듣다 깨달았어요.

꿈이 있었기에 내 삶은 언제나 단순할 수 있었구나, 목적지가 정해져 있으니 그곳을 향해 곧장 걸어가기만 하면 됐구나. 아침에 일어나면 해야 할 일이 분명했고, 일 년 뒤, 십 년 뒤, 이십 년 뒤의 내 삶의 모습도 이미 한 번 겪어본 인생처럼 확연하게 알 수 있었죠. 꿈이 있는 삶에는 방황이나 우울함, 외로움과 같은 감정들이 끼어들 틈이 없었죠. 그러니까 나는, 꿈이 있다는 이유만으로 정말 벅차도록 행복한 사람이었던 거예요.

그날 집에 돌아와 생각했답니다. 왜 그 엄마들은 꿈이 없는 어른이 된 걸까? 아마도 어린 시절 꿈을 만나지 못했기 때문이 아닐까, 그런 생각이 들었어요. 어쩌면 꿈을 찾아야한다는 생각조차 못했던 건지도 몰라요. 그러나 과연 그 엄마들만의 문제일까요? "너는 커서 무엇이 되고 싶니?" 또는 "네 꿈은 뭐니?"라고 물었을 때, 망설이지 않고 곧바로 대답할 수 있는 청소년 친구가 과연 몇이나 될까요?

그렇게《일단 시작해 봐!》는 시작되었습니다.

2020년 7월, 세상에 나온《일단 시작해 봐!》는〈중학 생활 날개 달기〉시리즈의 2권으로 우리 친구들에게 꿈에 관해 이야기하기 시작했습니다.

"청소년들이 공감하며 읽을 수 있는 꿈 찾기 프로젝트."

"이 책을 읽으며 나의 미래의 모습을 그려보게 되었다."

"꿈을 정하지 못해 고민하던 중학생입니다. 저와 같이 진로나 꿈에 대해 고민하는 친구들에게 이 책을 추천합니다."

"꿈이 없어서 고민하는 친구들에게 추천합니다. 과연 할 수 있을까 걱정돼서 꿈을 위해 도전하지 못하는 학생들이 읽으면 자신감을 갖을 수 있을 것 같아요."

《일단 시작해 봐!》를 읽은 독자들은 이 책의 주인공들이 영웅이 할머니의 꿈을 이루어주고 더불어 자신들의 꿈을 찾아가는 과정을 지켜보며 "꿈"에 대해 생각해 볼 수 있었다고 해요. 어른이 되기 전에 단 한 번만이라도 꿈에 대해 생각해본다면, 그것만으로도 먼 훗날 어른이 되었을 때, "나는 단 한 번도 꿈을 가져본 적이 없어."라고 말하며 슬픈 표정을 짓지는 않을 것 같아요.

〈중학 생활 날개 달기〉 시리즈의 제1권, 제2권이 출간된 지 벌써 4년이 되었네요. 4년 전 이제 막 중학생이 되면서 이 책을 읽었을 친구들은 이제는 고등학생이 되어 있을 거예요. 처음 중학교에 입학했을 때의 그 두려움과 막막함을 설레임과 익숙함으로 바꾸며 미래로 나아갔을 테지요. 한껏 성장해나갔을 우리 친구들처럼 저도 중학생활 날개달기 시리즈의 주인공들과 함께 성장할 수 있었습니다.

그래도 여전히, 앞으로도 저는 계속해서 우리 청소년 친구들과 함께 성장하고 싶어요. 우리가 함께 소통할 수 있는 이야기, 함께 성장할 수 있는 이야기를 계속 쓸게요. 더 유익하고 더 재미있고 더 신나는 이야기로 우리 청소년 친구들을 찾아갈 수 있도록 저는 오늘도 행복하게 기쁘게 글을 쓰겠습니다.

2024년, 이명랑

이제 막 작가의 꿈을 갖게 된
14살의 명랑이와 친구들에게

이제는 대학생이 된 두 아이의 엄마이자 소설가 이명랑입니다.

제 아이들이 초등학교에서 중학교로 올라갈 때였어요. 중학생이 된다고 하니, 두 아이 모두 불안해하기 시작했어요. 엄마는 처음이라 저 역시 마찬가지였죠.

입학을 앞둔 어느 날 아들이 저를 불렀어요. 두 눈에 걱정이 가득했죠. 앞으로 다니게 될 중학교의 교복을 맞추러 가기로 한 날인데 기쁜 얼굴이 아니었어요.

"엄마! 우리 지금이라도 이사 가면 안 돼? 나, 진짜 ○○중학교 가기 싫다구! 엄만 모르지? ○○중학교 선배들 전부 날나리래! 선배들한테 찍히면 어떡해? 엄마도 알잖아. 나 배고픈 거 못참는 거. 매점에 갔다가 선배들한테 찍히면 어떡하지? 싸움 잘하는 녀석들도 진짜 많다는데…… ○○중학교는 날라리가 너무 많으니까 선생님들도 장난 아니게 무섭대. 일학년 때 잘못 찍히면 삼 년 내내 진짜 힘들대! 엄마! 우리 진짜 이사 가자. 응?"

아들의 걱정은 하늘을 찔렀습니다. 아직 중학교에 들어간 것도 아닌데 미리 걱정부터 하고 있었어요. 풍문으로 떠도는 ○○중학교에 대한 이야기에 겁부터 잔뜩 집어먹었던 거죠. 아마도 초등학교 때 친했던 친구들과의 헤어짐, 앞으로 만나게 될 새로운 친구들, 중학교 때부터는 공부를 열심히 해야 한다는 부담감, 무엇인지 모를 막연한 걱정…… 초등학교 때와는 확연히 달라질 중학교 생활 때문에 고민이 참 많았던 것 같아요.

혹시 우리 친구들도 그렇지 않은가요?

오랜 시간 청소년 소설을 쓰면서 저는 정말 많은 청소년을 만났습니다. 학교에서, 도서관에서, 거리에서, 수많은 청소년들과 만나 대화를 나누고 함께 웃고 떠들고 울었습니다. 그러다 어느 날부터인가 '초등학교 생활과 중학교 생활의 가장 큰 차이가 뭘까?'라는 주제로 설문을 하게 됐죠. 많은 아이들이 낯선 학교, 낯선 친구들, 낯선 교실 환경, 매시간 선생님이 달라지는 것에 대해 큰 부담감을 가지고 있었어요. 나의 자녀들이 그랬던 것처럼 말이죠. 그런데 예비 중학생을 위한 책들은 대부분 국, 영, 수 등 교과 성적이나 선행학습의 길잡이가 되는 것들뿐이지 중학교 실생활에 도움을 줄 수 있는 책은 찾아보기 힘들었어요.

이제 막 중학교에 올라가는 친구들이나 이미 중학교 생활을 하고 있는 친구들 혹은 중학생이 된 자녀들을 조금 더 잘 이해하고 도와주고 싶어 하는 부모들을 위해 내가 할 수 있는 일은 없을까? 우리와 같은 고민하는 이들에게 나와 내 자녀의 경험을 나눠줄 수는 없을까?

그렇게 시작된 물음표에서부터 〈중학 생활 날개 달기〉 시리즈는 시작되었답니다. 〈중학 생활 날개 달기〉 시리즈에서는 1권부터 5권까지 주인공인 현정이와 태양이가 중학생이 되어 낯선 중학교 생활을 해나가면서 친구를 사귀고, 수행평가를 비롯해 중간고사와 기말고사와 같은 시험을 치러내고, 꿈을 찾고, 첫사랑을 통해 '나다운 나'를 깨닫고, 혼자가 아닌 '우리가 함께 하는 삶'에 이르기까지의 과정을 그려냈습니다. 현정이와 태양이의 일년간 중학 생활 고군분투기 속에 지금까지 제가 만났던 청소년 친구들의 불만과 고민, 소망들을 고스란히 전할 수 있기를 바라며 저 역시 소설 속에 '이명랑'이라는 인물로 등장하여 함께 웃고 울었습니다.

첫 권인 《차라리 결석을 할까?》는 주인공인 현정이와 친구들의 중학교 입학 후 적응기였는데, 우리 친구들은 어떻게 읽었나요? 초등학교 때와는 달리 매시간 다른 교과목 선생님에게 수업을 듣게 된 현정이와 친구들의 적응기를 읽으며 우리 친구들도 많은 생각을 했을 것 같아요.

〈중학 생활 날개 달기〉 시리즈의 2권인 《일단 시작해봐!》에서는 남자 주인공 태양이가 친구들의 꿈을 찾아주는 과정을 그렸습니다. 제가 만난 청소년 친구들 중에는 꿈이 없어서 고민인 친구들이 정말 많았거든요. 많은 친구들이 "꿈"이나 "장래희망" 때문에 고민했어요.

2권의 주인공인 태양이 역시 우리 친구들과 똑같이 초등학교와는 확연히 달라진 과제 때문에 큰 부담을 느끼고 있죠. 그렇지만 친구들과 함께 과제를 해나가면서 내가 좋아하는 것, 내가 잘하는 것, 내가 하고 싶어하는 것을 똑바로 마주 보게 됩니다.

아직은 이렇다 할 "꿈"도 "장래희망"도 없는 태양이가 이제 막 중학교에 올라와서 낯선 친구들과 함께 낯선 과제를 해나가면서 어떻게 "꿈"과 "미래의 나"를 찾아가는지 궁금하지 않으세요?

자, 그럼 이제 우리 태양이와 친구들을 만나러 가볼까요?

또 알아요? 태양이와 친구들이 함께 꿈 찾기를 하다 보면, 우리 친구들도 혹시 "미래의 나"를 만나게 될지.

2020년 한여름
작가가 된 이명랑이
이제 막 작가의 꿈을 갖게 된 14살의 명랑이와 친구들에게

차례

제1장 남의 꿈까지 찾아 주라고?

어제 유명한 공연기획자 아저씨가 우리 학교로 찾아 와 특강을 하고 갔다. 꿈을 이루기 위해 어떤 노력을 했 는지, 어떻게 어려움을 헤쳐 나갔는지 이야기하는 내내 공연기획자 아저씨는 자신감이 넘쳐 보였다.

아이들이 공연기획자라는 직업에 대해 질문할 때면 눈을 빛냈다. 꿈을 이루면 저런 얼굴을 갖게 되는 건가, 나도 모르게 자꾸 공연기획자 아저씨의 얼굴로 눈이 갔 다. 딱히 멋을 부리지 않았는데도 빛이 났다. 어쩌면 나 도 조금은 감동을 했는지도 모른다.

그런데……그런데……어제의 그 감동이 흔적도 없이 사라져 버릴 것만 같은 이 위험천만한 느낌은 뭐지?

"선생님은 그렇게 생각한다. 중학생 때야말로 그 어느 때보다도 열심히! 최선을 다해! 자신의 꿈을 찾기 위해 노력해야 한다고. 목표가 있는 사람과 없는 사람은 어른이 되었을 때 전혀 다른 삶을 살게 된단다. 내가 어디를 향해 가는지 알고 뛰는 사람과 모르고 뛰는 사람이 어떻게 같을 수가 있겠니? 어제 특강 들었지? 선생님은 감동했다. 그분은 열네 살 때 자신의 꿈을 만나 그때부터 공연기획자가 되기 위해 꾸준히 노력했다고 하셨어. 열네 살, 너희와 똑같은 나이에 평생의 꿈을 만난 거야!"

담임 선생님은 오늘, 하필이면 내 중학교 생활 최고의 기쁨인 자유 시간에 어제의 감동에 대해 늘어놓기 시작했다.

아침마다 억지로 교복을 입어야 하고, 버스 정류장까지 갔다가 교복 넥타이를 놓고 왔다는 사실을 깨닫고는 다시 헐레벌떡 집으로 되돌아가기도 하고, 노랗게 염색을 했다는 이유로 전교에서 가장 튀는 아이가 되어 버려 입학하자마자 교장실까지 불려갔던 나의 중학교 생활. 초등학교 때와는 달라도 너무 달라서 아직도 어떤건 해도 되고, 어떤 건 하지 말아야 하는지 어리둥절하기만 한 내 중학교 생활. 이 험난한 중학교 생활을 내가 그나마 지금까지 버티고 있는 건 오로지 금요일의 자유 시간이 있기 때문이다.

나에게 자유 시간은 말 그대로 자유 시간이다. 미술이나 종이접기나 체육 등 본인이 원하는 프로그램을 선택해서 각자 하고 싶은 걸 하는 수업! 물론 진짜 자유 수업은 아니다. 중학교에 올라왔더니 자유학기제 수업이라는, 정말 유익하고 행복한 수업이 있었다.

자유학기제 수업이란 대체 무엇인가. 솔직히 나도 잘 모른다. 확실한 건 중간고사와 기말고사를 안 본다는 거다. 시험을 보지 않는다는 것만으로도 이 얼마나 행복한 일인가. 물론 1학기에만 그렇고 2학기에는 시험을 보겠지만 말이다.

자유학기제 기간에는 교과 수업과 자유학기제 수업으로 나뉘어서 수업하게 되는데 국어, 영어, 수학같이 원래 배우던 과목은 주로 오전에 하고, 오후 시간에는 자유학기 활동을 한다. 직업 체험 활동이나 토론 활동, 동아리 활동 등 다양하다. 유명한 작가님이 와서 특강을 하기도 한다. 담임 선생님 말로는 아이들 스스로 문제를 해결할 수 있는 능력을 길러 주고, 자율적인 학습 능력을 키워 주기 위해 자유학기제 수업을 하는 거라고 했다.

우리 학교는 일주일에 딱 한 번, 금요일의 자유 시간에는 특별한 활동을 하지 않고 담임 선생님이 교실로 들어와 그때그때 아이들이 하고 싶은 걸 한다. 물론 금요일 오후의 자유 시간에도 미술이나 종이접기, 체육 등 본인이 원하는 프로그램을 선택해서 각자 해야만 한다.

그러나 나는 국어도 수학도 영어도 아무것도 하지 않는다. 그저 책상 위에 연습장을 펼쳐 놓고 자유롭게 시간을 보낸다. 그러니까 금요일 오후의 자유 시간은 나, 이태양이 아무것도 안 하고 멍 때리고 있을 수 있는 유일한 시간이다!

그런데! 그런데! 지금 담임 선생님은 나의 이런 소중한 자유 시간을 뺏으려 하고 있었다. 담임 선생님이 어제의 특강 애기를 하면서 칠판 옆에 붙어 있는 모니터의 전원을 켤 수 있는 리모컨을 움켜쥔 순간, 나의 소중한 자유 시간에 어쩌면 무언가를, 어떤 활동을 하게 될지도 모른다는 불안감이 나를 덮쳤다.

"열네 살, 듣기만 해도 가슴 뛰는 나이가 아니냐? 자신의 꿈을 만나는 나이, 세상을 향해 눈을 돌리는 나이! 그런 의미에서 오늘은 이 선생님이 영화 한 편을 준비했다."

담임 선생님은 사랑하는 제자들을 위해 자신이 정말 멋진 선물을 준비했다는 듯이 웃으며 칠판 옆 모니터의 전원을 켰다.

이런 젠장! 왜 나쁜 예감은 틀린 적이 없는 거야!

"어제 우리 학교에 찾아온 공연기획자 선생님은 열네 살에 꿈을 만났다고 하셨지? 오늘 우리가 함께 볼 영화는 《아름다운 세상을 위하여》라는 제목의 영화인데, 이 영화의 주인공인 트레버도 너희와 똑같은 십 대에 세상을 변화시킨 아이란다. 아무튼! 긴말 필요 없고 일단 영화를 보자!"

담임 선생님의 말이 끝나기도 전에 모니터의 전원이 켜졌다.

으으으, 나는 두 손으로 머리를 감싸 안았다.

긴말 필요 없고 일단 영화를 보자고요? 이미 선생님은 엄청, 엄청 길게 말했거든요?

나는 머리를 감싸 안은 채 진저리를 쳤다. 이럴 줄 알았다. 이럴 줄 알았어. 자유 시간만큼은 아무 생각도, 아무 활동도 하지 않고 그저 가만히 있고 싶었는데 꼼짝없이 영화를 보게 생겼다. 그것도 십 대의 나이에 세상을 변화시킨 아이의 이야기를!

도대체 이 세상엔 잘난 아이들이 왜 이렇게 많아? 열

세 살에 부자가 된 아이, 세계 인권을 위해 큰 업적을 쌓은 아이에 이제는 세상을 변화시킨 아이까지!

어휴, 나는 한숨을 내쉬며 두 다리를 앞으로 쭉 뻗었다. 의자 깊숙이 몸을 파묻었다.

세상을 변화시킨 아이라고? 보나 마나 뻔했다. 어떤 특별한 아이가 특별한 일로 세상을 위해 엄청난 일을 해냈다는 이야기, 잘 보고 너희들도 이런 아이가 되어라, 어른들이 위인전 대신 보여 주며 설교하기 딱 좋은 이야기일 게 뻔하다.

나는 칠판 옆 모니터를 향해 두 눈을 부릅떴다.

대체 어떤 녀석이기에 나의 소중한 자유 시간까지 뺏어버리는 거냐? 엉?

나는 정말 대단한 녀석이 아니면 절대 용서하지 않으리라 다짐하며 이제 막 모니터 화면에 모습을 드러낸 트레버라는 녀석을 노려봤다.

솔직히, 인정하기 싫지만……트레버라는 녀석, 멋졌다. 열한 살 소년 트레버는 이제 막 중학교에 입학했다. 트레버의 담임 선생님은 학생들에게 숙제를 내준다. "우리가 살고 있는 이 세상을 더 나은 세상으로 바꿀 수 있는 방법을 생각해 보자."라는 숙제였다. 그저 학교에서 내준 뻔한 숙제일 뿐인데 트레버는 진지하게 고민한다. 정말 자신이 이 세상을 더 나은 세상으로 바꿀 수 있는 방법이 무엇인지. 그리고 "한 사람이 세 사람에게 뭔가를 바라지 않고 선행을 베푼다."는 멋진 생각을 해낸다. 한 사람이 세 사람을 도와주고, 도움을 받은 세 사람은 다시 또 다른 세 사람에게 도움을 주는 거다. 그런 식으로 도움을 주기 시작한다면 세상은 좀 더 나아지지 않을까? 그렇게 열한 살 소년, 트레버의 머릿속에서 나온 생각은 파도처럼 퍼져 나간다.

"멋진 영화 아니냐?"

내가 영화의 마지막 장면을 바라보며 '녀석 꽤 멋진 걸…….' 감동에 젖어 있는데, 담임 선생님이 리모컨을 들어 올렸다. 모니터의 전원이 꺼지고 곧장 담임 선생님의 충격적인 말이 이어졌다.

"선생님이 이 영화를 보고 생각한 건데, 우리도 한 번 해 보는 게 어떨까? 어제 공연기획자 선생님도 열네 살, 너희와 똑같은 나이에 자신의 꿈을 만났다고 하셨지? 그런데 아직 꿈을 찾지 못한 아이들도 있잖니? 자, 이번 자유 시간 수행 평가 숙제를 내준다. 너희들도 트레버처럼 한 달 동안 한 사람이 세 사람의 꿈 찾기를 도와주는 거다!"

담임 선생님은 어깨를 쫙 펴고 힘주어 말했다. 그러고는 뿌듯한 얼굴로 교실을 한 바퀴 휘둘러봤다. 마치 '나 정말 멋있지? 이런 생각을 해내다니 나 정말 천재 아니냐? 자, 빨리 박수를 쳐라.'라고 눈빛으로 말하는 듯했다.

그러나 담임 선생님의 기대와는 달리 교실은 찬물을 끼얹은 것처럼 조용해졌다. 아이들 모두 너무 놀라 입을 다물지 못했다. 나는……나로 말할 것 같으면 믿을 수 없었다. 아니, 믿고 싶지 않았다. 자유 시간은 어디까지나 자유 시간이어야만 한다. 국어, 영어, 수학 같은 교과 수업도 아닌데 수행 평가라니! 그것도 무려 한 달 동안이나 수행 평가를 해야 한다니! 게다가 내 꿈이 뭔지 나도 아직 모르는데 남의 꿈까지 찾아 줘야 한다니?

이건, 날벼락이었다.

"모둠은 네 명으로! 각 모둠마다 조장을 정하고, 조장을 중심으로 각자 나머지 세 사람의 꿈 찾기를 도와준다! 너희들도 알고 있는 것처럼 자유학기제 기간에는 중간고사, 기말고사는 보지 않는다. 대신 학생들이 어떻게 학습하는지, 교사가 학생들의 학습 과정을 관찰하고 평가를 해야 하거든? 이번 금요일 자유 시간에 하게 되는 수행 평가로 선생님이 맡고 있는 국어 과목 수행 평가 점수를 줄 테니까 명심하도록! 대신 국어 시간에는 수행 평가 안 할 테니까 걱정 말고!"

이건, 악몽이었다.

금요일의 자유 시간은 그야말로 토론도 직업 체험 활동도, 아무것도 하지 않고 담임 선생님의 눈을 피해 자유롭게 멍 때리고 자유롭게 속삭이고 자유롭게 낙서나 하는 시간이었다. 그런데 하필이면 금요일의 자유 시간에 국어 수행 평가를 하게 되다니!

　아무리 선생님 담당 과목이 국어라고 해도 이건 정말 아니잖아요!

　내 안의 불만이 입술을 일그러지게 하고 인상을 쓰게 하고 있었다. 그러거나 말거나 이런 내 마음을 전혀 알 리 없는 담임 선생님은 다음 말을 이어 나갔다.

　"아! 이 선생님은 벌써 가슴이 두근거린다. 열네 살의 꿈 찾기, 이 얼마나 멋지냐? 한 번 상상해 보렴. 훗날 너희들이 어른이 되어 각자의 꿈을 이룬 뒤에 오늘 이 순간을 떠올리면 그때, 중학교 때 함께 꿈 찾기를 도와줬던 친구들이 얼마나 고맙겠니? 내가 중학교 때 꿈 찾기를 도와줬던 친구가 훌륭한 사람이 되어 아홉 시 뉴스에 나온다고 한 번 상상해 봐라. 얼마나 멋지냐? 저 친구 꿈을 내가 찾아 줬지…… 생각만으로도 가슴이 벅차오르는 것 같지?"

담임 선생님은 스스로 생각해 낸 아이디어에 감격해 이글이글 불타오르는 눈빛으로 우리를 바라봤다. 나도 이글이글 불타오르는 눈빛으로 담임 선생님을 바라봤다. 담임 선생님과는 전혀 다른 의미로 눈빛을 빛내며 책상 밑에서 두 주먹을 불끈 움켜쥐었다.

트레버 너란 녀석, 멋지다는 말은 취소다!

*

급식실 옆 정자에 네 명이 모여 앉았다.

나, 황영웅, 윤현정, 이명랑.

이미 수업이 끝나고 다른 반 애들은 모두 운동장을 가로질러 교문을 빠져나가고 있었다. 그런데 나는? 나는 집에도 가지 못하고 강제로 한 모둠이 된 애들과 함께 이제부터 머리를 맞대고 앉아 서로의 꿈을 찾아 줘야만 한다. 자유 시간을 자유롭게 보내지 못하게 된 것도 억울한데 이제부터 한 달간이나 이런 모임을 해야만 한다.

휴우, 한숨부터 나왔다. 윤현정과 이명랑도 뭐가 그렇게 못마땅한지 아예 입을 꾹 다물고 앉아 한마디도 하지 않았다.

'야! 너희 여자애들! 왜? 뭐가 그렇게 마음에 들지 않는 건데? 이 조합이 마음에 들지 않는 거냐? 나는 뭐 좋아서 여기 앉아 있는 줄 아냐?' 소리 내어 묻고 싶었지만 참았다.

여자애들의 뚱한 얼굴을 계속 보고 있다가는 나도 모르게 험한 말이 튀어나올 것 같았다. 차라리 황영웅과 말을 하는 게 낫지. 나는 황영웅을 향해 몸을 돌렸다.

그러나 황영웅이 누구인가? 황영웅으로 말할 것 같으면, 새 학기 첫날 자리 배정을 받자마자 교실 뒷문 옆자리에 앉은 애한테 오천 원까지 주면서 자리를 바꾼애다. 점심시간에 가장 먼저 급식실로 달려가겠다는 이유만으로 말이다. 그 뒤로 황영웅은 교실 뒷문을 한 뼘

정도 열어 놓고는 점심시간 5분 전부터 오른발을 책상 밖으로 내놓고 있었다. 오로지 점심시간에 그 누구보다도 빨리 급식실로 달려가겠다고 말이다. 역시 황영웅이었다. 지금도 황영웅은 아예 몸을 급식실 쪽으로 돌리고 앉아 있었다. 자유시간인 5교시 시작 전에 이미 급식을 다 먹었는데도 말이다. 어차피 수업도 다 끝난 지금은 급식실에 갈 일조차 없는 데 말이다.

뭐냐? 대체 이 조합은 뭐냐고! 왜? 내가 왜? 내가 왜 이런 녀석들의 꿈까지 찾아 줘야 해?

"헐……."

나도 모르게 속마음이 입 밖으로 튀어나와 버렸다. 뒤이어 윤현정의 입에서 엄청난 말이 튀어나왔다.

"이태양, 당첨!"

윤현정이 나를 쳐다보며 짝짝, 박수를 쳤다.

"뭔 소리야?"

불길한 예감에 나는 뒤로 주춤 물러났다.

"이태양 네가 조장에 당첨됐다고!"

윤현정이 깔깔 소리 내어 웃어댔다.

"야! 내가 왜? 윤현정, 너 진짜 웃긴다! 너랑 나랑 3월에 짝이었다고 나를 너무 편하게 생각하는 거 아니냐? 엉?"

나는 발끈해서 물었다.

"우리 중에서 제일 먼저 입을 연 사람이 이태양 너니까. 맞지? 맞지? 이태양이 분명 헐, 이라고 했잖아. 너희도 다들 들었지?"

윤현정 말에 이명랑은 헤벌쭉 웃으며 고개를 끄덕였고, 황영웅은 여전히 시큰둥한 표정으로 고개를 끄덕였다.

"싫어. 나 안 해! 내가 왜 조장을? 그렇게 조장이 하고 싶으면 윤현정 네가 해!"

나는 거부했다. 강력히 거부했다. 조장이라니, 그것도 남의 꿈 찾는 걸 도와주는 일에 앞장서는 조장이라니! 아직 내 꿈이 뭔지도 모르는 내가?

"무조건 이태양 네가 조장이야! 태양이 너랑 나는 앞뒤로 앉아 있으니까 자주 얘기할 수 있지. 또 명랑이랑도 자주 붙어 다니니까 말할 기회가 많단 말이야. 영웅이는…… 영웅이는…… 태양이 네가 책임져!"

윤현정은 영웅을 힐긋거리며 눈치를 봤다.

"난 신경 쓰지 마! 어차피 난 수행 평가 같은 거 관심도 없으니까 너희끼리 알아서 잘해라. 내 꿈도 그냥 너희들이 알아서 써내. 난 간다!"

황영웅이 책가방을 집어 들더니 성큼성큼 운동장을 가로질러 갔다.

"야, 황영웅! 너, 거기 안 서? 이러는 게 어디 있어?"

나는 벌떡 일어나 황영웅 등에 대고 소리쳤다. 다른 애들보다 밥을 많이 먹어서 그런지 황영웅은 걸음도 빨랐다.

"이태양 뭐해! 빨리 가서 잡아!"

이명랑이 내 등을 떠밀었다. 윤현정에 이어 이제는 이명랑까지! 나도 모르게 책가방을 집어 들었다. 황영웅은 벌써 운동장을 반이나 가로질러 가고 있었다. 나는 잽싸게 뛰기 시작했다. 윤현정과 이명랑도 헉헉거리며 뒤쫓아 왔다.

"황영웅! 너 거기 안 서!"

나는 황영웅을 소리쳐 부르며 뛰었고, 그 옆에서 윤현정과 이명랑은 달리기를 하면서도 넷이 함께 해야 하는 수행 평가인데 황영웅만 빠지면 안 된다, 오늘 첫 회의 때부터 이런 식이면 앞으로 황영웅은 더 신경 안 쓸 거다, 황영웅을 이대로 보내면 안 된다, 어쩌고저쩌고 계속해서 잔소리를 해 댔다.

그러거나 말거나 황영웅은 벌써 교문을 빠져나가고 있었다.

"알았어, 알았다고! 일단 뛰어! 일단 저 녀석부터 붙잡아야지!"

제2장 **이건 꿈이야? 직업이야?**

"이것들이 진짜! 남의 집까지 쫓아와? 난 안 해! 안 한다고! 나, 진짜 바쁘다고. 너희들 맘대로 하라니까 왜 이러냐? 엉?"

황영웅은 답답해 미치겠다는 듯이 주먹으로 가슴팍을 두드려 댔다. 당장이라도 무너질 것 같은 벽돌집의 낡은 철문을 등지고 서서 인상을 썼다. 비좁은 골목에 죽 늘어서 있는 우리를 쳐다보며 눈을 부릅떴다. 황영웅과 눈이 마주치자마자 여자애들은 얼른 고개를 돌려 시선을 피했다. 나는 머리를 긁적거렸다. 솔직히 황영웅 집까지 쫓아올 생각은 없었다. 황영웅이 이 골목에 살고 있을 줄은 더더욱 몰랐으니까.

내가 황영웅을 쫓아 학교를 빠져나왔을 때 황영웅은 벌써 건널목을 건너가고 있었다. 건널목 너머에는 얼마 전 새로 입주가 시작된 아파트 단지가 우뚝 서서 우리를 내려다봤다. 나는 어깨에 걸쳐 메고 있던 가방을 윤현정에게 던진 뒤 미친 속도로 황영웅을 따라잡았다. 황영웅은 건널목을 건너자마자 아파트 단지 안쪽으로 빠르게 사라져갔다.

나는 녀석을 놓칠까 봐 숨이 턱까지 차오를 때까지 뛰었다. 녀석을 뒤쫓을 때는 설마 이런 일이 생길 줄은 정말 상상도 하지 못했다. 황영웅 집이 새 아파트 단지 내의 아파트가 아니라 아파트 단지 바로 뒤에 붙어 있는 재개발 지역에 있었다니.

이 지역은 너무 오래된 집들이라 사람이 살지 않는 집도 많았다. 문짝이 뜯겨 나간 집들 앞으로 버려진 가구나 가전제품들이 쌓여 있어 얼핏 보면 골목 전체가

쓰레기장이나 고물상처럼 보였다. 마치 내가 일부러 황영웅의 비밀을 까발려 버린 것만 같았다. 뒤따라온 여자애들도 골목에 들어서자마자 할 말을 찾지 못한 채 우물쭈물하고 있었다.

"몰라, 몰라! 나 지금 빨리 집에 들어가야 해. 너희들끼리 수행 평가를 하든지 말든지, 난 모른다고!"

황영웅이 꽥, 소리를 질렀다. 낡은 벽에 삐뚜름하게 매달려 있는 철문을 확 열어젖히고는 안으로 사라져 버렸다. 쾅, 소리와 함께 눈앞에서 철문이 닫혔다.

"어쩌냐……."

나는 뒤로 물러서며 여자애들을 쳐다봤다.

"황영웅 진짜 화났나 봐……."

윤현정도 난감한 표정을 지었다.

"여기까지 따라올 생각은 없었는데……."

이명랑도 황영웅이 들어가 버린 문 안쪽을 바라볼 뿐, 더 이상 말을 잇지 못했다. 입 밖으로 소리 내어 말하지는 않았지만 다들 똑같은 기분인 듯했다. 일부러 그런 건 아니지만 뭔가 크게 잘못한 것 같은 기분…….

다들 할 말을 잃은 채 당황한 얼굴로 서 있는데 집 안 쪽에서 황영웅 목소리가 들려왔다.

"아니라고요, 할머니! 진짜 됐다고요!"

황영웅 목소리에 짜증이 잔뜩 묻어났다. 뒤이어 들릴 듯 말 듯 나이 많은 여자의 목소리가 들려왔고, 몇 번인 가 더 황영웅의 화난 목소리가 들려오는가 싶더니 벌컥 철문이 열렸다.

"들어와!"

*

확 열어젖힌 문 안쪽에서 황영웅이 소리쳤다. 황영웅 표정이 너무 험악해서 나는 한 발자국도 움직일 수가 없었다.

"우리 영웅이 친구들이니? 얼른 들어와라!"

황영웅 뒤에서 다정한 음성이 들려왔다. 그제야 여자

애들도 쭈뼛거리며 문 쪽으로 다가왔다. 황영웅이 뒤로 쑥 물러나며 우리가 안으로 들어올 수 있도록 자리를 비켜 줬다.

"세상에, 세상에! 진짜 우리 영웅이 친구들이네. 어여 들어와라."

할머니는 안방 침대에 상체를 반쯤 기댄 채 우리를 향해 활짝 웃었다. 몸이 불편하신지 안방 문을 열어놓은 채로 침대에 누워 계셨다.

"영웅이 너, 뭐하고 있어? 네 방에 과자 있잖니. 아빠가 일요일에 잔뜩 사다 놓고 가지 않았어? 그거라도 얼른 갖고 나와. 그래, 친구들은 거기 식탁 의자에라도 좀 앉으렴."

할머니는 우리를 바라보며 계속해서 미소지었다. 황영웅은 못마땅한 표정이었지만 할머니가 시키는 대로 과자를 가져오고, 식탁에 있던 물건들을 정리했다.

"할머니! 우리 숙제해야 돼!"

황영웅은 툴툴거리면서도 우리와 함께 식탁 앞에 마

주 앉았다. 그리하여 우리는 할머니가 지켜보는 가운데 '꿈 찾기 대작전'을 시작했다.

"흠흠. 그럼 먼저 각자 꿈에 대해서 말해보자."

내가 먼저 입을 열었다. 절대로, 절대로 조장을 하겠다고 받아들인 건 아니었다. 그냥 뭐 아무도 말을 안 하니까 내가 먼저 입을 열었을 뿐이다.

"태양이 네 꿈은?"

이명랑이 노트를 꺼내며 물었다.

나? 내 꿈? 꿈이라…….

나는 천장을 올려다보며 내 꿈에 대해 생각하기 시작했다. 솔직히 나는…… 하고 싶은 일이 많다. 고등학교에 올라가기 전에 보드를 좀 더 잘 타고 싶다. 어깨까지 머리를 길러 보고 싶다. 또 대학생이 되면 제일 먼저 운전면허증을 따고 싶고, 아르바이트를 해서 돈을 모은 다음에는 배낭여행을 가고 싶다. 또 취직을 해서 돈을 벌면 제일 먼저 자동차를 사고 싶다. 그렇지만 이런 것들이 과연 내 꿈인가?

"나? 난 진짜…… 꿈이 없나 봐."

나는 기어들어 가는 목소리로 대답했다. 황영웅도, 윤현정도 마찬가지였다. 두 사람 역시 내 꿈은 무엇이다, 라고 선뜻 대답하지 못했다. 이명랑만 작가가 되고 싶다고 말했다.

"다들 없다고만 하면 어떡하냐? 이번 수행 평가 과제가 꿈을 찾아 주라는 거잖아? 영웅이 넌 어른이 되면 뭘 하고 싶은데?"

나는 황영웅을 쳐다봤다.

"어른이 되면…… 난 그냥 일할 거야. 머리 쓰는 일 말고. 난 머리 아픈 일은 진짜 짜증 나. 돈은 벌어야 되니까…… 힘쓰는 일? 암튼 단순한 일이 좋아. 운전을 하든가. 아니면 뭐 아빠, 엄마처럼 공사장 옆에서 식당을 하든가. 잠깐만! 할머니 계속 그렇게 앉아 있으면 등 아프다고."

황영웅은 이야기를 하다 말고 갑자기 벌떡 일어나 안방으로 들어갔다. 베개 하나를 집어 들더니, 안방 침대에 비스듬히 기대어 누워 있는 할머니 등 뒤에 베개를 받쳐 주고는 되돌아왔다. 우리가 꿈에 대해 이야기를 나누는 동안에도 황영웅은 몇 번씩이나 자리에서 일어나 할머니에게 물을 갖다 주거나 과자를 덜어다 드렸다. 그때마다 여자애들의 눈이 커졌다. 놀라기는 나도 마찬가지였다. 황영웅이 저렇게 다정한 녀석이었다니! 게다가 세심하기까지! 학교에서 본 모습과는 전혀 다른 황영웅을 보는 게 너무 낯설어서 나는 몇 번씩이나 황영웅의 얼굴을 다시 들여다보곤 했다.

"내 꿈은⋯⋯야! 그냥 운전사라고 써. 난 됐고, 너희들 꿈은 뭐냐? 그냥 빨리 끝내. 계속 이러고 있을 거야? 우리 할머니 밥도 챙겨 드려야 된다고!"

황영웅이 짜증을 냈다. 할머니한테 하는 거랑 우리한테 하는 거랑 달라도 너무 달랐다. 황영웅이 보채지 않아도 나 역시 빨리 끝내고 집에 가고 싶었다. 괜히 우리 때문에 할머니가 불편해하실까 봐 눈치도 보였다.

"하고 싶은 일이랑 꿈은 다른 것 같아. 어른이 되어서도 부모님 집에 계속 살 순 없잖아? 생활을 해야 하니까 돈은 당연히 벌어야 하고……하고 싶은 일도 하면서 돈도 벌면서."

내가 말했지만 참, 뻔한 소리였다.

"야, 이태양! 누가 그걸 모르냐? 그런데 뭘 하면서 돈도 벌어야 하는지 모르니까 그렇지."

윤현정이 입술을 삐죽 내밀었다.

"난 어렸을 때부터 그냥 책 읽고 글 쓰는 게 좋았거든. 너희 혹시 말괄량이 삐삐라고 아니? 난 유치원 때부터 삐삐를 엄청 좋아했거든. 삐삐처럼 학교도 안 가고, 금화가 잔뜩 든 가방이 있으니까 먹고살 일도 걱정 없고. 혼자 살아도 힘이 세니까 아무도 안 무섭고. 내가 삐삐라면 얼마나 좋을까……그런 상상을 하다 보니까 글도 쓰게 됐어. 그냥 책 읽고 상상하고 글 쓰는 게 좋으니까 당연히 작가가 되고 싶은 거고. 작가가 되면 글도 쓰고 돈도 벌 수 있으니까. 너희는 그런 거 뭐 없어?"

이명랑은 정말 이해할 수 없다는 듯이 고개를 갸웃거

렸다. 명랑의 말에 나는 전기충격기로 머리를 한 대 맞은 것만 같았다. 그냥 좋아하니까 계속 하게 되고, 계속 하다 보니 그 일로 돈도 벌게 되는 일? 그런 일이 꿈이 될 수 있다고?

"잠깐만, 그럼 우린 지금까지 무슨 얘기한 거냐? 명랑이 말처럼 꿈이 그런 거라면 우린 지금까지 '꿈'이 아니라 '직업'에 대한 얘기만 한 거잖아? 이번 수행 평가 주제는 직업 찾기가 아니라 꿈 찾기를 도와주는 거잖아?"

내 말에 다들 격하게 공감했다.

"맞아. 이태양 말이 진짜 맞네. 그런데 직업이 아니라 꿈이라고?"

그렇게 말하며 나를 쳐다보는 현정은 더 어려운 문제를 눈앞에 둔 사람 같았다.

"직업이나 꿈이나! 아, 몰라! 더 어려워! 이태양, 넌 꿈 있어? 윤현정 넌 꿈 있어? 봐봐. 이명랑 빼고는 다 없잖아. 그냥 아무렇게나 써! 난 진짜 머리 쓰는 건 싫단 말이야!"

황영웅은 정말 더 이상 머리를 쓰고 싶지 않은 듯했다.

"그럼 일단 이렇게 해 보자. 우리 중에 꿈이 있는 사람은 명랑이뿐이잖아. 일단 명랑이가 작가라는 꿈을 이룰 수 있도록 도와주는 거야. 어때?"

내 말에 황영웅은 기다렸다는 듯이 "오케이!"를 외쳤고, 윤현정은 박수를 치며 좋아했고, 이명랑은……이명랑은 "왜 하필 나야!"라며 거부했지만 황영웅의 한마디에 더 이상 뒷말을 잇지 못했다.

"그냥 해! 무조건 해! 너부터 해! 안 그럼! 확 그냥, 막 그냥, 나 진짜 아무것도 안 한다?"

*

집으로 돌아와 '진로와 직업' 교과서를 펼쳤다. 어쨌든 내가 조장이니까.

"뭐냐? 이게 바로 조장의 힘인가?"

진로와 직업 교과서를 펼쳐놓고 다음번 회의 준비를

하면서도 나는 내가 신기했다. "궁하면 통한다!"는 아빠의 입버릇처럼 정말 그런 가보다.

"도대체 왜 수행 평가 같은 걸 하는 거냐고!"

중학교에 올라왔더니 초등학교 때와는 다른 점들이 너무 많다. 적응하기 힘들다. 초등학교 때는 담임 선생님 한 분이 거의 모든 수업을 도맡아 했다. 중학교는 아니다. 여러 선생님들이 교실에 들어온다. 초등학교 때는 무슨 일이 있으면 담임 선생님께만 말하면 됐다. 중학교는 아니다. 3월에 보니까, 이 문제는 남자애들보다 여자애들이 더 힘들어하는 것 같았다. 생리 때문에 말이다. 3월 한 달 내내 짝이었던 윤현정은 매 시간 선생님들께 생리통이 심하다는 말을 하지 못해 엄청 힘들어하는 것 같았다. 내 생각엔 그냥 편하게 말해도 될 것 같은데, 여자애들한테는 엄청난 문제인 것 같다. 그뿐인가. 아직 중간고사를 보지도 않았는데 벌써 모든 걸 시험이나 성적과 관련짓는다.

수행 평가도 마찬가지다. 학기 초에 담임 선생님이

수행 평가의 방법이나 기준을 알려주는 안내문을 나눠 줬다. 각 과목별로 조금씩 다르다. 실험평가를 하는 수행 평가도 있고 수업참여형 수행 평가도 있다. 수업참여형 수행 평가는 평소 얼마나 수업에 적극적으로 참여하는지, 얼마나 성실한지 등등 평소 수업 태도가 굉장히 중요하다. 점수에 목매는 녀석들은 평소에 발표 한 번 할 때도 수행 평가 점수를 신경 쓴다. 조별과제로 해야 하는 수행 평가도 있다. 솔직히 조별과제는 힘든 것 보다는 신경 써야 할 것들이 많아서 귀찮다. 누구는 열심히 준비하는데 누구는 기본적인 것조차 안 가져오거나 아예 할 일을 안 해 버리면 나머지 조원들은 정말 화가 난다. 한 사람의 잘못으로 전체 조원들 모두 낮은 점수를 받게 되니까. 아무튼 조별과제에서는 각자 자기 몫을 제대로 하는 것이 가장 중요하다.

"각자가 자기 몫을 제대로? 그러니까 그게 쉽냐고!!!"

수행 평가에 대해 생각하다 조별과제 수행 평가에서 가장 중요한 점이 무엇인지까지 생각이 미치자 머리가 지끈거리기 시작했다. 억지로, 강제로 떠맡게 된 조장이지만 갑자기 조장의 역할이 막중하게 느껴졌다. 그러나 한 편으로는 '나 역시 내 몫만 제대로 하면 되잖아?'라는 생각이 들었다.

"내가 조장이라…… 조장은 뭘 하는 거지? 난 조장이니까 그냥 아무것도 안 하고, 우리 조 애들이 각자 자기 몫을 제대로 하게 만들면 되는 거 아냐?"

갑자기 기분이 좋아졌다. 생각해 보니까, 어쩌면 이번 조별과제 수행 평가에서 내가 할 일이 제일 없을 것 같다. 왜냐고? 그야 난 조장이니까!

나는 서둘러 진로와 직업 교과서의 목차를 유심히 읽어 내려갔다.

"일과 직업 세계의 이해, 진로 탐색…… 나의 직업 흥미 유형 알아보기…… 진로 설계는 어떻게 할까? 뭐야? 진로 설계라는 걸 하려면 먼저 해야 될 게 이렇게 많단 말이야? 좋았어! 다음번엔 애들한테 이걸 해오라고 시키면 되겠네! 내가 조장이잖아? 내가 조장이니까 난 시키기만 하면 되잖아! 앗싸!!!"

　나는 다음번 회의에서 애들한테 시킬 일이 뭐 더 없을까, 궁리하며 진로와 탐색 교과서를 열심히 읽기 시작했다. 우리 조 애들한테 이것저것 시키기 위해 찾다 보니 나중에는 인터넷 검색까지 하고 있었다.

　"뭐, 뭐야! 벌써 한 시잖아! 혹시 내가 제일 열심히 한 거 아니야?"

　나는 머리를 쥐어뜯으며 얼른 불을 끄고 침대로 뛰어들어갔다.

제3장 할머니도 꿈이 있었다고요?

일주일이 빠르게 흘러갔다. 담임 선생님이 "꿈 찾기 수행 평가"를 제안하고 벌써 둘째 주가 되었다. 둘째 주 화요일, 우리는 다시 영웅이 집에 모였다.

"어여들 들어와. 할머니는 우리 영웅이 친구들이 온다니까 얼마나 좋고, 감사한지······우리 예쁜 것들! 이리 와서 요거 먼저 먹고 해라. 응?"

영웅이네 현관문을 열자마자 영웅이 할머니가 우리를 반겼다. 아침부터 준비했는지 거실 탁자에 김치전과 떡볶이가 잔뜩 차려져 있었다.

"할머니! 이건 또 언제 한 거야? 에잇! 할머니가 이럴까 봐 내가 우리 집에 애들을 안 데려오는 거라고! 몸도 불편하면서 이런 건 또 왜 했어?"

영웅이 버럭 소리를 질렀다. 그런데 영웅이 녀석은 꽥소리를 지르고 인상을 쓰면서도 제일 먼저 집 안으로 달려 들어가 부엌 싱크대 앞 의자에 앉아 있던 할머니를 번쩍 들어 올렸다. 할머니를 안아 들고는 성큼성큼 안방으로 걸어 들어가 침대 위에 살포시 내려놓았다.

"할머니! 꼼짝 말고 여기 누워 계셔! 알았지?"

"알았어, 알았으니까 애들 빨리 먹으라고 해."

할머니 말에 영웅은 우리를 향해 홱 돌아섰다.

"뭐해? 빨리 먹어!"

영웅이 두 눈을 부릅떴다. 우리는 누가 먼저랄 것도 없이 후다닥 거실 탁자에 둘러앉았다.

"영웅아! 거기 정수기에서 물도 좀 가져다주고……."

할머니 말에 영웅은 끙, 소리를 내면서도 정수기로 가서 우리에게 물을 가져다줬다.

"할머니! 자꾸 이러면 진짜 다신 애들 안 데려온다? 우리 숙제해야 된다고! 다리 아파서 잘 걷지도 못하면서 이런 걸 왜 하냐고!"

영웅은 험악한 표정으로 구시렁거리면서도 할머니가 누워 있는 안방 문을 활짝 열어놓았다. 안방 문이 닫히지 않게 식탁 의자로 안방 문을 받쳐 두기까지 했다. 할머니 혼자 심심할까 봐 안방 문을 열어 놓은 것 같았다.

"크크크. 저런 남자를 '츤데레'라고 하는 거지?"

현정이 떡볶이를 입에 물며 명랑이에게 물었다.

"아마도. 츤데레가 겉으로는 쌀쌀맞고 까칠해 보이지만 실제로는 따듯하고 다정하면서도 은근히 잘해 준다는 뜻이라며?"

명랑이 묘한 눈빛으로 영웅을 바라보며 킥킥거렸다. 그 옆에서 현정이도 "으음…… 그렇단 말이지……." 알 듯 모를 듯한 소리를 하며 영웅을 위아래로 훑어봤다.

뭐지? 이 분위기 이거 뭐야? 지금 너희들 영웅이한테 반한 거냐?

영웅을 바라보며 서로 묘한 눈빛을 교환하는 여자애들을 보고 있자니, 내 안에서 뜨거운 뭔가가 치밀어 올라왔다. 뭔지는 몰라도 괜히 기분이 나빴다.

"야, 너희들! 여기 먹으러 왔냐? 다른 애들 꿈을 어떻게 찾아줄지 생각은 해 본 거냐? 엉? 명랑이 작가 되는 꿈은 어떻게 이뤄줄지 생각해 봤어?"

내 목소리는 내가 듣기에도 퉁명스러웠다.

"이태양 너 뭐야? 떡볶이 먹다 갑자기 왜 그래? 우리가 영웅이 칭찬하니까 괜히 부러운가 봐?"

명랑의 말에 현정이 킥킥거렸다. 순간 누가 내 볼을 꽉 붙잡아 옆으로 힘껏 잡아 늘이는 것처럼 얼얼해졌다. 보나 마나 빨개진 거다.

"헛소리하지 말고 이거나 봐. 영웅이 너도 빨리 와서 이것 좀 봐봐."

나는 빨개진 얼굴을 들키지 않으려고 가방에서 얼른 설문지를 꺼냈다.

"분야 리스트? 내가 좋아하는 것 기준으로 선택. 공

공기관, 스포츠, 렌털 및 임대, 건설, 농업, 모바일……
이게 뭐야?"

현정이 이제야 나한테로 시선을 돌렸다.

"이게 뭐냐 하면……내가 누구냐? 조장이잖아. 조장
인 내가 우리 꿈 찾기를 위해 준비해 온 설문지들 아니
겠냐? 꿈을 찾으려면 먼저 내 적성과 재능부터 알아봐
야 돼."

나는 허리를 꼿꼿이 세우며 준비해 온 설문지를 거실
탁자 중앙에 펼쳤다.

"야, 됐고! 설문지가 뭐가 이렇게 많아? 다중지능검
사지, 내가 좋아하는 분야 리스트, 내가 잘하는 직업 리
스트, 직업흥미검사, 거기다 직업가치관 검사? 야! 이
걸 오늘 전부 하겠다는 거야?"

내가 준비해 온 설문지들에 대해 설명을 하기도 전에
영웅이 설문지들을 탁자 위로 내던졌다.

"야! 지금 이걸 언제 다 해!"

영웅은 홱 등을 돌리고는 아예 돌아앉아 버렸다.

내가 이렇게 다 준비하느라 얼마나 힘들었는데 고맙다는 말은 안 하고 투덜거려?

확 그냥! 막 그냥!

마음 같아서는 "너는 하지 마!" 영웅을 향해 소리치고 싶었지만, 꾹 참았다.

왜?

나는 조장이니까. 조장의 역할은 화를 내는 것이 아니라 시키는 거니까!

"야! 누가 지금 이걸 한다고 했냐? 설문지는 내가 준비해 왔으니까 너희들은 이걸 가져가서 진지하게 생각해서 잘 체크해 오도록! 알았냐?"

나는 "체크해 오도록!"에 힘을 주어 말했다. "체크해 오도록 해라!"라고 말하고 싶었지만, 그럼 너무 명령하는 것 같아서 '해라!'는 살짝 빼고 말이다.

그제야 영웅이도 다시 거실 탁자 앞으로 되돌아왔다. 그 사이에 여자애들은 내가 준비해온 설문지들을 살펴보고는 서로 묘한 눈빛을 교환하고 있었다.

너희들, 설마 나한테 반한 건 아니겠지? 나의 이 철저한 준비성과 책임감에?

나는 자꾸만 위로 삐죽 올라가는 입 꼬리를 원위치시키려고 애쓰며 화제를 돌렸다.

"혹시 누구 명랑이의 꿈을 이뤄줄 방법에 대해서 생각해 온 사람 있냐?"

나는 아이들을 휘둘러봤다.

"내가 생각해봤는데, 백일장에 나가보는 건 어떨까?"

현정이가 말했다.

"백일장? 어휴, 안 돼. 백일장에 오는 애들이 얼마나 글을 잘 쓰는데!"

명랑이가 손을 내저었다.

"그러니까 명랑이 네가 나가야지. 너처럼 글 잘 쓰는 애들이 모이는 데가 바로 백일장이라구!"

현정이가 격려하듯 명랑이 어깨를 두드렸다.

"그래! 이명랑 네가 백일장에 못 나가면 누가 나가냐? 중학교 올라오자마자 〈중학생의 마음가짐〉이라는 주제로 글을 썼을 때도 명랑이 네가 제일 잘 썼다고 칭찬받았잖아. 이명랑 너, 쑥스러우니까 괜히 한 번 약한 척 해보는 거지? 이런 걸 겸손이라고 하는 건가요?"

나는 놀리듯 말하며 팔꿈치로 명랑이 팔을 툭 쳤다.

"겸손은 무슨! 진짜 아니라구! 진짜 자신 없단 말이야!"

명랑이는 진짜 그런 거 아니라면서 울상을 했다.

"백일장? 그거 나가면 작가 되는 거냐?"

영웅은 명랑이의 반응엔 신경도 쓰지 않았다. '백일장 그거 먹는 거냐'라는 투로 묻고 있었다. 영웅이 역시 현정이나 나처럼 명랑이가 쑥스러우니까 괜히 한 번 거절해 보는 거라고 생각하는 듯했다. 솔직히 내가 명랑이라도 백일장에 나가 보라고 권하자마자 기다렸다는 듯이 그러겠다고 하지는 못했을 거다. 너무 속이 보인다고 할까?

내가 이런 생각을 하는 동안에도 현정이는 진지한 눈빛으로 영웅을 바라보며 설명을 이어나갔다.

"바로 작가가 되는 건 아니고 실력을 확인해 보는 거

지. 경험도 쌓고. 장학금 주는 백일장도 있고, 백일장에서 상 받은 실적이 많으면 문학특기자로 문창과에도 갈 수 있나 봐."

"문창과? 그건 무슨 과야?"

"문예창작학과. 작가가 되려는 사람들 중에는 문예창작학과에 가서 배우는 사람들도 많대. 그 과에 가면 작가들이 직접 가르쳐 주기도 한대."

현정은 영웅이 질문할 때마다 차근차근 알아듣기 쉽게 설명을 해 줬다.

뭐냐? 윤현정? 짝일 때 나한테는 이러지 않았잖아? 나한테는 그렇게 쌀쌀맞게 굴었으면서 영웅이한테는 왜 이렇게 다정하게 굴어? 엉? 너, 뭐야!

나도 모르게 거실 탁자를 주먹으로 쾅, 내리쳤다.

"이태양, 갑자기 또 왜 그래?"

현정이 나를 빤히 쳐다봤다.

"그, 그게……."

나도 내가 왜 주먹으로 탁자를 내리쳤는지, 정말 알

수 없었다. 그냥 기분이 나빴다. 그렇지만 '윤현정, 네가 영웅이한테 친절하게 구니까 기분이 나쁘잖아?'라고 말할 수는 없었다.

"그게……그러니까! 현정이 네 말대로 명랑이를 백일장에 내보내자고! 자, 그럼 현정이 넌 다음에 만날 때 언제, 어떤 백일장이 열리는지 알아오도록!"

이번에도 역시 "알아오도록!"을 힘주어 말하고, 나는 휴우~ 길게 숨을 내쉬었다. 다행히 위기는 넘긴 듯했다.

"영웅아! 영웅아, 할머니 좀……."

안방에서 할머니가 영웅을 불렀다. 영웅은 빛의 속도로 할머니한테 뛰어갔다. 할머니가 거실로 좀 옮겨 달라고 하자, 침대에 편하게 누워 계시지 대체 왜 일어나려는 거냐고 투덜거리면서도 할머니를 안고 거실로 나왔다.

"지난번부터 듣다 보니, 너희가 꿈을 이루어 주는 일을 하는 것 같던데……혹시 내 꿈도 이뤄 줄 수 있을까?"

제4장 꿈 찾아 주기 vs 꿈 이루어 주기

할머니는 망설이다가 바지 주머니 속에 들어 있던 종이 한 장을 꺼냈다. 포스터였다. 꽤 오랜 시간 바지 주머니에 넣고 다녔는지, 귀퉁이가 닳아 있었다.

"할머니, 이게 뭐예요? 제7회 봄맞이 구민노래자랑? 일시 3월 12일 금요일 저녁 7시, 장소 구민회관 대강당?"

현정이 다림질하듯 손바닥으로 종이 포스터를 펴기 시작했다. 접힌 자리마다 심하게 구겨져 있던 종이 포스터가 반듯하게 펴지며 마이크를 붙잡고 노래 부르는 할아버지 모습이 나타났다. 검정 양복에 흰색 중절모를 쓴 할아버지 한 분이 포스터 중앙에 멋지게 자리 잡고 서서 노래 부르고 있었다. 할아버지 뒤로는 빨간색 원피스를 차려입은 할머니들이 오른팔을 높이 들어 올린 채 다 함께 웃고 있었다. 할아버지가 부르는 노래에 맞춰 코러스를 넣고 있는 듯했다.

"우와! 멋지다!"

"할아버지, 할머니가 이런 옷도 입어요?"

여자애들은 뭐가 그렇게 신기한지, 할머니의 주머니 속에서 나온 포스터에서 눈을 떼지 못했다.

"이런 옷보다 더 야한 옷도 입는데?"

할머니가 빙그레 웃었다.

"진짜요?"

현정이가 할머니 옆에 찰싹 붙어 앉았다.

"할머니도 이런 옷 입어 보셨어요?"

명랑이도 호기심 가득한 눈으로 할머니를 쳐다봤다.

"아니. 난 한 번도 못 입어 봤지. 나도 이런 옷 입고 이번 노래자랑대회에는 꼭 나가고 싶었는데……."

할머니가 구민노래자랑 포스터를 내려다보며 부럽다는 표정을 지었다.

"그런데요?"

명랑이가 물었다.

"내가 다리는 아파도 노인정에는 그냥 그냥 다녔는데 올봄에 아예 일어나지도 못하게 됐잖냐. 멀쩡히 잘 자고 일어났는데 별안간 아예 일어나지를 못하겠는 거야. 결국 이렇게 양쪽 무릎 다 수술을 했잖니. 그 바람에 못 나갔지. 예선에선 내가 제일 잘했는데……."

할머니는 지금 다시 생각해도 너무 속이 상하는 듯했다.

"예선에서 일등을 하셨어요?"

현정이가 묻자 할머니는 뭘 그런 당연한 걸 묻느냐면서 어깨를 으쓱했다.

"당연하지. 처녀 시절부터 내가 얼마나 노래를 잘했는데, 이런 동네 노래자랑에서 일등을 못 해?"

"그럼 혹시 할머니 꿈이 가수예요?"

이제부터 할머니 애기를 듣고 메모라도 할 것처럼 명랑이는 노트를 펼치고 볼펜을 쥐었다. 그러자 할머니는 노래자랑 포스터를 내려다보며 가슴 속에 묻어두었던 말을 풀어놓기 시작했다.

"죽기 전에 노래자랑이라도 꼭 한 번 나가보는 게 꿈이었는데……."

*

소녀는 1941년 황해도에서 태어났습니다. 지금은 돈이 있고 자동차가 있어도 갈 수 없는 곳이지요. 소녀는 웃음이 많았고, 틈만 나면 노래를 흥얼거렸습니다. 노래라면 어떤 노래든 다 좋았습니다. 어떤 노래든 따라 불렀지요. 어른들이 농사를 지으며 다 같이 부르는 민요를 따라 불렀고, 오빠와 언니가 부르는 노래도 무작정 따라 불렀습니다. 노래를 부르고 있으면 그냥 신이 났습니다.

한국전쟁이 터졌고, 소녀는 가족들과 함께 고향을 떠나 서울에서 살게 되었습니다. 아버지와 어머니는 늘 돈벌이를 해야 했고, 오빠와 언니도 이제는 노래를 부르지 않게 되었습니다. 소녀가 사는 마을엔 노래 부르는 사람이 없었습니다. 마치 노래를 부르면 큰일이라도 날 것만 같았지요. 소녀는 화장실에 숨어 몰래 노래를 흥얼거리곤 했습니다.

어느새 소녀는 아가씨가 되었고 사랑하는 사람을 만나 결혼을 했습니다. 서울에서 살던 소녀는 남편을 따라 깊은 산속에서 살게 되었습니다. 깊은 산속, 말벗조차 없는 곳에서 소녀는 혼자 노래를 흥얼거리곤 했습니다. 풍년이던 해에 남편은 소녀에게 라디오를 사다 주었습니다. 라디오에선 수많은 노래가 흘러나왔습니다. 라디오에서 흘러나온 노래가 소녀의 부엌을 가득 채우고 나중에는 소녀의 마음까지 가득 채웠습니다.

어느 날부터인가는 라디오에서 흘러나와 소녀의 마음을 가득 채웠던 노래들이 소녀의 가슴을 뚫고 나왔습니다. 소녀는 노래 부르기 시작했습니다. 소녀의 부엌에, 초라한 낡은 집에, 인적이 드문 산속에 소녀의 노래가 울려 퍼졌습니다.

혼자 흥얼거리는 노래가 끝나고 나면 소녀는 꿈에서 깨어난 것처럼 멍한, 그러나 더없이 반짝이는 눈으로 부엌 한쪽에 놓아둔 라디오를 바라봤습니다. 그리고 아무도 모르게 라디오만 들을 수 있는 목소리로 말하곤 했습니다.

노래 부르고 싶다…….

가수가 되고 싶다…….

*

영웅이네 집에서 나와 근처 놀이터로 자리를 옮겼을 때는 어느새 뉘엿뉘엿 해가 저물고 있었다. 우리 모두 벤치에 나란히 늘어앉아 붉게 물드는 저녁노을을 우두커니 올려다봤다. 나도 그렇지만 다른 애들 역시 무슨 말을 어떻게 해야 될지 모르는 듯했다.

"나……정말 몰랐다. 우리 할머니 꿈, 이뤄 드리는 거, 무리겠지?"

영웅이 우리들을 휘둘러봤다.

"무리일까?"

영웅과 눈이 마주치자마자 나도 여자애들을 쳐다봤다. 현정이와 명랑이도 서로 시선을 교환했다.

어쩌면 우리 모두 같은 생각을 하고 있는지도 모르겠다. 할머니가 사람들 앞에서 마이크를 붙잡고 꼭 한 번 노래 부르는 것이 평생의 꿈이었다고 말했을 때, 어쩌면 그때부터 우리는 같은 생각을 하고 있는지도 모른다.

할머니는 어린 시절 얘기를 시작으로 올봄에 열렸던 구민 노래자랑 예선전에서 일등을 했다는 자랑으로 얘기를 끝맺으면서 몇 번이나 후회가 된다고 했다. 이렇게 다리가 불편해지고 보니까 몸 성할 때 진짜 한 번 해 볼걸 그랬다고. 지금보다 더 아프기 전에 노인정에서 알고 지내던 친구들 앞에서라도 진짜 가수처럼 꼭 한 번 노래를 불러보고 싶다며 오랫동안 노래자랑 포스터를 들여다봤다.

그 모습을 보면서 나도 모르게 '할머니의 꿈을 이뤄 드리고 싶다.'라고 생각했다. 어쩌면 다른 아이들 역시 나와 같은 마음이 아닐까?

"내 생각엔 괜찮을 것 같은데? 어차피 우린 명랑이 빼고는 다들 아직 꿈이 뭔지도 모르잖아. 그래서 일단 명랑이 먼저 꿈을 이뤄 주기로 한 거잖아? 명랑이 꿈 이뤄 주면서 영웅이 할머니 꿈도 이뤄 드리는 거지 뭐. 각자 할 수 있는 거로 할머니 꿈을 이뤄 드리는 건 어떨까? 혹시 알아? 그러다 우리 꿈도 찾을지."

나는 동의를 구하듯 아이들을 쳐다봤다.

"진짜 괜찮을까? 이번 수행 평가 주제가 꿈 찾아 주기 아니었어? 조원들 꿈이 뭔지, 먼저 찾아 줘야 될 것 같은데……."

현정이 자신 없다는 투로 말했다.

"그건 그래. 꿈 찾아 주기랑 꿈 이뤄 주기는 좀 다른 것 같은데……."

명랑이도 고개를 갸웃거렸다.

"그렇겠지? 우리 할머니 꿈을 우리가 이뤄 주는 건 좀 무리야……다들 학원에도 가야 하고 시험공부도 해야 되는데. 수행 평가라면 또 몰라도."

영웅은 볼을 붉히며 괜히 우리 할머니 때문에 미안하다는 말까지 덧붙였다. 학교에서는 한 번도 볼 수 없던 모습이었다. 그래서였을까? 다들 약속이나 한 듯이 일제히 소리쳤다.

"아니야!"

"미안하긴 뭐가 미안해!"

"괜찮아!"

그러니까 다들 같은 생각을 하고 있었나 보다. 성적과 상관없이, 수행 평가 점수를 잘 못 받더라도 영웅이 할머니 꿈을 이뤄 드리고 싶다고.

"좋았어! 꿈 찾아 주기나 꿈 이뤄 주기나 무슨 상관이야! 그럼 다들 동의한 거지?"

명랑이가 오른손을 번쩍 들어 올렸다. 다들 기다렸다는 듯이 명랑이가 내민 손바닥에 손바닥을 부딪쳤다.

"그런데 공연을 하려면 공연할 수 있는 장소가 있어야 되는 거 아냐?"

나는 좀 전부터 머릿속에 맴도는 생각을 입 밖으로 꺼냈다. 분위기를 깨고 싶지는 않았지만 어쩔 수 없었다. 나는 조장이니까.

"장소는 내가 한 번 알아볼게. 이번 일요일에 노인정 회장 할아버지한테 한 번 찾아가 봐야겠어."

영웅은 무슨 커다란 결심이라도 한 듯이 주먹을 불끈 쥐었다. 영웅이 표정이 너무 진지해서 하마터면 웃음을 터트릴 뻔했다.

"좋았어! 그럼 오늘부터 당장 손옥심 여사 노래 공연 프로젝트를 시작합니다! 아자 아자 파이팅!"

"아자 아자 파이팅!"

내가 오른손을 높이 들어 올리며 파이팅을 외치자 다들 그 어느 때보다 진지한 표정으로 파이팅을 외쳤다.

제5장 **말보다 행동?**

일요일인데도 노인정은 아침부터 어르신들로 시끌벅적했다. 약속 시간인 오전 9시가 되려면 아직 10분 정도 더 남아 있었다. 이른 시간인데도 유리로 되어 있는 출입문 안쪽은 분주했다. 원래는 2층짜리 단독주택이었는지, 1층 정중앙에 거실이 있고, 거실 옆으로 방 몇 개가 붙어 있었다.

할아버지, 할머니들은 뭐가 그렇게 재미있고 즐거우신지 웃고 떠들었다. 할머니들 몇 분은 거실 옆에 있는 주방에서 음식을 만들었고, 또 몇 분은 거실 중앙에 놓인 교자상 앞에 둘러앉아 이런저런 얘기를 하고 있었다.

나란히 함께 늘어앉아 TV를 보는 분들도 있었고 거실 한쪽에 담요를 깔아놓고 윷놀이를 하는 분들까지 있었다.

뭐야? 이 아침에 윷놀이? 그것도 일요일 아침에? 대체 왜? 일요일 아침엔 늦잠이나 푹 자야 하는 거 아니야?

나는 내 눈으로 직접 보면서도 믿을 수가 없었다. 일요일 아침에도 이렇게 일찍 노인정에 나와 있는 어르신들이 내 눈에는 신기하기만 했다.

"우와! 할아버지, 할머니들이 왜 이렇게 많아?"

언제 왔는지 현정이도 신기한 듯 노인정 안을 들여다봤다.

"그러니까. 일요일 아침부터 진짜 신기하지 않냐?"

솔직히 나도 좀 놀랐으니까. 영웅이 알려 준 노인정에 조금 먼저 와서 기다리는데 그 잠깐 사이에도 할아버지, 할머니들이 계속 나타났다.

"태양이 너, 노인정에 와 봤니? 저쪽에 싱크대도 있네? 우와! 오늘 무슨 잔칫날인가? 일요일인데 사람이 왜 이렇게 많아?"

현정은 여전히 노인정 문 앞에 서서 안쪽을 들여다보며 눈을 빛냈다.

"야! 윤현정 너 혹시 뭐라도 얻어먹을 생각인 거냐?"

"뭐? 이태양, 내가 너냐? 너야!"

현정이 입술을 삐죽거리며 나를 째려보는데 명랑이가 나타났다.

"너희 둘은 아침부터 왜 또 티격태격 하냐? 영웅이는?"

명랑이 주위를 두리번거렸다.

"오겠지 뭐."

나는 심드렁하게 대답하고는 출입문 한쪽으로 멀찍이 비켜섰다. 할아버지, 할머니들이 계속해서 나타나는데 문을 막고 서 있는 것 같아 불편했다.

"예쁜 아가들이 왜 왔대?"

"오늘 무슨 자원봉사 오는 날이여?"

"재롱잔치 해 주는 겨?"

할아버지, 할머니들이 우리를 쳐다보며 고개를 갸웃거렸다. 어르신들의 시선이 불편한지, 어느새 현정이와 명랑이도 출입문에서 멀리 떨어진 곳에 서서 몇 번씩이나 시간을 확인했다.

"대체 언제 오는 거야?"

"황영웅, 정말 뭐니?"

여자애들이 투덜거리기 시작했다. 약속 시간은 벌써 30분이나 지나 있었다. 여자애들이 내게 영웅에게 전화라도 해 보라고 들들 볶아대는데 저 멀리서 영웅이 걸어왔다.

"미안해! 이것저것 챙기다 보니까 너무 늦었다. 진짜미안. 어휴, 여름도 아닌데 왜 이렇게 더워!"

영웅은 땀을 뻘뻘 흘렸다. 터질 듯 불룩 튀어나온 배낭을 등에 짊어진 채로 헉헉 가쁜 숨을 내쉬었다.

"엄청 무겁겠다. 얼른 내려놔. 얼른."

현정이 영웅이 옆으로 쪼르르 뛰어왔다. 배낭은 영웅이 짊어지고 있는데 마치 자기가 무거운 짐을 들고 있기라도 한 것처럼 호들갑을 떨었다.

"뭐가 이렇게 많이 들었어?"

명랑이까지 영웅이 앞으로 달려가서 배낭을 받아들었다.

너희들 뭐냐? 너희들 눈에는 영웅이만 보이는 거냐? 방금 전까지만 해도 황영웅 이 녀석은 왜 약속 시간에 늦게 오는 거냐고 툴툴거리더니! 영웅이 나타나자마자 왜 갑자기 다정 모드냐고! 나랑 영웅이랑 너무 차별하는 거 아니야!

"야! 너희들!"

나도 모르게 큰 소리를 치고 말았다. 흥분하고 말았다. 영웅이뿐만 아니라 영웅이한테 집중하고 있던 여자애들까지 시선을 돌려 나를 쳐다봤다. 모두 무슨 일이냐고 눈빛으로 묻고 있었다.

혹시라도 여자애들이 눈치 챈 건 아니겠지?

여자애들이 영웅이만 챙겨서 내 기분이 나빠졌다고는 죽어도 말 못 해!

"그러니까…… 빨리 안으로 들어가자고!"

나는 재빨리 몸을 돌려 노인정으로 앞장서 걸어갔다.

다행히 아이들 모두 곧장 내 뒤를 따라왔다.

"이게 누구여? 영웅이가 왔네!"

"영웅이가 왔다고?"

"다들 나와 보세요! 영웅이가 왔어요!"

영웅이 노인정 안에 발을 들여놓자마자 할아버지, 할머니들이 영웅이 이름을 불러 댔다. 여기서도 영웅! 저기서도 영웅! 영웅은 완전 노인정 스타였다.

"할아버지! 오늘은 1층 화장실부터 좀 고쳐 드릴게요."

영웅이 거실 한복판에 배낭을 내려놓으며 화장실을 가리켰다. 그러자 어르신들이 무슨 구경이라도 난 것처럼 영웅이 주위를 둥글게 에워쌌다.

"흙이 흰색도 다 있네?"

"이 총같이 생긴 건 뭐냐?"

"세상에, 아이스크림 먹을 때 쓰는 숟가락까지 챙겨 온 것 좀 봐."

영웅이 배낭에서 이것저것 물건들을 꺼낼 때마다 어르신들은 신기한 듯 한마디씩 했다. 그러거나 말거나 영웅은 배낭에서 필요한 물건들을 꺼내자마자 1층 화장실로 성큼성큼 걸어갔다. 플라스틱 통에 흰색 흙을 쏟아 붓고는 물을 조금씩 섞어가며 흙반죽을 만들었다.

"태양아! 이리 와서 이 칼로 변기 밑에 붙어 있는 실리콘만 좀 긁어내 줘!"

대체 뭘 하려고 저러나, 유심히 들여다보는데 영웅이 내게 불쑥 커터칼을 내밀었다.

"여기? 이거 다 긁어내?"

나는 영웅이 시키는 대로 양변기 앞에 쪼그려 앉아 양변기와 타일 바닥이 맞붙어 있는 곳에 붙어 있는 실리콘을 긁어냈다.

"다 긁어냈지? 그럼 이제 이 걸레로 물기 하나 없이 잘 닦아 줘."

영웅이 내게 걸레를 내밀었다.

너 지금 뭐하냐, 너는 입으로 시키기나 하고 일은 내가 다 하는 거냐, 따지고 싶었지만 나는 한 마디도 할 수 없었다. 사실은 그 순간엔 영웅이 진짜 기술자처럼 보여서 따져 물을 수가 없었다.

"다 닦았는데?"

나는 양변기 주위의 물기를 깨끗이 닦아 내고는 걸레를 움켜쥔 채 영웅을 올려다봤다. 어느새 숙련된 조교가 되어 영웅의 다음 지시를 기다렸다.

"이제 비켜 봐!"

영웅이 흰색 흙반죽이 든 플라스틱 통을 들고 양변기 앞에 쪼그려 앉았다. 나는 영웅이 뒤로 밀려나 영웅이 작업하는 모습을 지켜봤다.

"할머니들이 화장실에서 자꾸 냄새가 난다잖아. 저번에 와서 보니까 여기 양변기 밑으로 물 내릴 때마다 물이 새더라고. 진작 와서 고쳐드릴걸……."

영웅은 양변기와 타일 바닥이 맞붙어 있는 곳에 플라스틱 숟가락으로 흙반죽을 잘 펴 바르기 시작했다. 그 모습이 어찌나 진지한지 대리석에 무슨 조각이라도 하는 것 같았다.

"역시 츤데레야."

"영웅이가 먹는 것만 밝히는 건 아닌가 봐."

"우리 아빠는 형광등 하나도 못 갈아 끼우는데. 진짜 멋있다!"

어느새 내 옆에 와서 선 여자애들이 속닥거리기 시작했다. 명랑이도 현정이도 영웅을 바라보는 눈빛이 심상치 않았다. 뭐가 그렇게 좋은지 헤벌쭉 웃고 있는 모습이 정신 나간 사람들 같았다.

너희들이 무슨 황영웅 팬클럽이냐, 한마디 해주려는데 영웅이 벌떡 일어섰다.

"변기는 끝!"

영웅이 흙반죽이 든 플라스틱 통을 들고 벌떡 일어섰다. 그러자 아까부터 영웅이 일하는 걸 지켜보던 할머니들이 쪼르르 영웅이 앞으로 달려왔다. 영웅이 이마에 맺힌 땀을 닦아 주는 할머니, 영웅이 입에 시원한 물이 든 물잔을 갖다 대주는 할머니, 까치발을 짚고 서서 영웅이 등을 두드려주는 할머니까지! 할머니 팬들에게 둘러싸인 영웅은 그야말로 스타였다!

"세면대도 새것처럼 만들어 드릴게요!"

영웅이, 아니 할머니들의 스타께서 이번에는 세면대 앞으로 가서 실리콘 총을 번쩍 들어 올렸다.

"우리 영웅이가 최고여, 최고!"

"우리 손자가 영웅이 반만 닮으면 얼마나 좋아……."

"영웅이 할머니는 밥 안 먹어도 배부를 겨!"

영웅이 주위로 할머니 팬들의 환호와 감탄사가 배경음악으로 흐르기 시작했다. 영웅이 손이 한 번 움직일 때마다, 영웅이 어깨가 한 번 꿈틀거릴 때마다 배경음악의 볼륨은 더욱 더 높아져만 갔다.

"더 고칠 데 없죠?"

마침내 2층 화장실 수건걸이까지 고치고 난 뒤에야 비로소 영웅의 세심한(?) 작업은 끝이 났다. 그와 함께 영웅이 주위에서 흐르던 배경음악도 낮게 잦아들었다.

"우리 할머니가 노래 공연을 하는데 혹시 여기서 좀 하면 안 될까요?"

영웅이 실리콘 총을 바닥에 내려놓자마자 이번에는

할아버지들이 콰콰콰광! 콰콰콰광! 엄청난 박력으로 배경음악을 연주하기 시작했다.

"노인정은 개인 공간이 아니여!"

"누구 한 사람 편의를 봐주기 시작하면 끝도 없다니까!"

"나중에라도 안 좋은 말이 나올까 봐……."

할아버지들은 앞다투어 노인정에서 영웅이 할머니 노래 공연을 하면 안 되는 이유를 들먹였다.

"사실은 우리 할머니 꿈이 가수였대요……."

영웅은 할아버지들 앞에 무릎을 꿇고 앉았다. 그러고는 왜 할머니 노래 공연을 준비하게 됐는지, 노래 공연 장소로 왜 노인정을 빌리고 싶어 하는지, 차근차근 설명하기 시작했다.

"반대하는 인간 누구여?"

"영웅이 할머니가 한다잖아! 지금이야 다리가 성치 않아서 그렇지, 영웅이 할머니가 다리 성할 때는 매일 노인정에 와서 청소를 얼마나 열심히 했는데! 안 그래?"

"와서 노래를 해주면 그저 감사합니다, 박수치며 들

어야지. 무슨 다른 말이 나올 게 있어?"

"영웅이가 필요하다잖여."

"영웅이가 한다면 해 줘야지!"

"해!"

"무조건 해!"

할머니 팬들이 할아버지들을 향해 고함을 지르면서 인상을 썼다. 할머니 팬들의 성난 목소리가 노인정을 집어삼킬 듯이 찌렁찌렁 울려 퍼졌다. 마침내 할아버지들의 입에서 "제일 사람 많은 날로다가 잡어!"라는 말이 나오고서야 할머니 팬들의 성난 목소리는 하하하 호호호 흥겨운 웃음소리로 바뀌었다. 그 옆에서 말보다 행동으로 보여주는 남자, 황영웅은 할머니들을 바라보며 흐뭇한 표정을 짓고 있었다. 급식으로 나온 돈가스를 바라볼 때 말고도 황영웅이 저런 표정을 지을 때가 다 있다니!

제6장 리어카 광고판?

"할머니들 파워가 장난 아닌데?"

노인정을 나오자마자 나는 큰 숨을 내쉬었다. 아직도
귓가에 할머니들의 우렁찬 목소리가 웽웽 맴을 돌았다.

"그러니까. 할머니들이 강하게 나오니까 할아버지들
이 정말 꼼짝도 못하더라."

현정이 킥킥거렸다.

"솔직히 할머니들 파워가 아니라 영웅이 파워 아니야?"

명랑이 앞서 걷는 영웅의 뒷모습을 흐뭇한 표정으로
바라봤다.

"하긴. 황영웅 파워가 맞지. 할머니들이 영웅이를 좋아하지 않았으면 진짜 어쩔 뻔 했니?"

현정이도 이상야릇한 눈빛으로 영웅을 바라봤다.

뭐냐? 너희들 정말 뭐냐고! 우리가 지금 여기 왜 모였는지 기억은 하는 거냐? 너희들도 노인정 할머니들처럼 우리 영웅이, 우리 영웅이, 황영웅 팬클럽이라도 결성하겠다는 거냐? 그리고 영웅이 저 녀석은 왜 계속 저 혼자 앞장서고 난리야? 영웅이 네가 조장이냐? 조장은 나라고, 나!

"야!"

나도 모르게 앞서 걷는 영웅을 불러 세웠다. 엄청나게 중요하고 엄청나게 급한 일이라도 있다는 듯이 말이다.

"왜?"

영웅이 뒤를 돌아봤다. 뒤에서 지금 어떤 일이 벌어지고 있는지 전혀 알지 못하는 저 무신경한 인간에게 '지금 여자애들이 네 팬클럽이라도 결성할 분위기라고. 여자애들이 자꾸 너만 신경 쓰는 것 같아서 나 지금 진짜 기분 나쁘다고!'라고는 절대 말할 수 없었다. 아니, 말하고 싶지 않았다. 영웅이 놈은 여자애들이 저한테 호감을 갖고 있다는 사실을 절대로 알아서는 안 된다. 왜냐고? 그야 영웅이 녀석이 잘난 척 하는 꼴은 절대로 보고 싶지 않으니까!

"그게! 그게…… 그러니까! 일단 저쪽에 좀 앉도록!"

나는 급히 길 옆 공원에 있는 정자를 가리켰다. "일단 저쪽에 좀 앉도록 해라!"라고 조장처럼 말하고 싶었지만 참았다. 다행히 내 말에 아이들 모두 기다렸다는 듯이 정자에 가서 앉았다. 순간, 말로 표현할 수 없을 만큼 기분이 좋아졌다.

나란 녀석, 정말 뭐지? 아이들이 내 말 좀 들어줬다고 갑자기 이렇게 기분이 좋아질 수가 있는 거냐? 내가 생각해도 나란 녀석…… 참 단순하다. 아니, 이제야말로 다시 조장이 된 것 같아서 기분이 좋은 건가? 몰라, 몰라, 몰라!

나는 '나란 녀석은 과연 어떤 인간인가?'라는 철학적 물음을 머릿속에서 몰아내기 위해 세차게 고개를 내저었다. 얼른 정자로 뛰어가 아이들 옆에 엉덩이를 내려놨다.

"이제 장소는 구했으니까 콘서트 홍보를 어떻게 할지 한 번 생각해 보도록!"

나는 가능한 조장답게 목소리에 힘을 줘서 말했다. 뭐 그래도 "생각해 보도록 해라!"라고 완전 명령조로 말하지는 않았다.

"홍보? 그런 것도 해? 그냥 노인정 어르신들 앞에서 노래 몇 곡 부르는 거 아니었어?"

영웅이 깜짝 놀라 물었다. 전혀 생각도 해 보지 않았다는 표정이었다.

"태양이 네가 웬일? 난 찬성!"

명랑이가 칭찬 아닌 듯 칭찬 같은 말로 내 말에 맞장구를 쳤다.

"홍보는 당연히 해야지. 노인정 어르신들은 당연히 오시는 거고. 또 알아? 우리가 블로그나 페이스북, 인스타그램에 홍보했다 대박 날지? 유튜브에 홍보 영상도 올려 볼까?"

현정이는 홍보라는 말이 나오자마자 흥분하기 시작했다. 홍보는 SNS가 최고라면서 블로그나 페이스북, 인스타그램, 유튜브 등등 할 수 있는 데까지 열심히 홍보를 해 보자며 눈을 빛냈다.

"포스터는 내가 만들게. 내가 포토샵은 좀 할 줄 알거든."

현정이 목에 잔뜩 힘을 주며 잘난 척을 했다.

"진짜? 윤현정 네가 무슨 일이냐? 너 원래 이런 애 아니었잖아?"

내 눈에는 내 앞에 앉아 있는 윤현정이 어딘지 달라 보였다.

"원래 이런 애 아니었다니, 대체 무슨 소리야?"

현정이가 토라진 듯 입술을 앞으로 쭉 내밀며 눈을 흘겼다.

"너, 정말 내가 아는 윤현정 맞아? 네가 정말 나랑 수행 평가 같이했던 그 윤현정 맞는 거냐? 내가 아는 윤현정은 나랑 수행 평가할 때도 난 포기할 테니까 태양이

84

너 혼자 발표하라고 했던 애거든. 그런 윤현정이 지금처럼 이렇게 적극적이라고? 솔직히 말해봐. 너, 윤현정 아니지?"

내가 얼굴을 바짝 들이대자 현정이는 얼른 몸을 뒤로 빼며 소리쳤다.

"야! 이태양! 그, 그땐, 그땐 그러니까…… 고마워."

현정의 입에서 갑자기 전혀 어울리지 않는 "고마워"라는 말이 튀어나왔다.

"엥? 이 순간에 갑자기? 고마워?"

나는 장난치듯 물었는데 현정이는 침까지 꿀꺽 삼키더니 정말이지 진지한 눈빛으로 나를 쳐다봤다.

뭐야? 윤현정 너 왜 이래? 왜 침까지 삼키고 그러는 거야? 왜 갑자기 진지해졌는데?

나는 화들짝 놀라 뒤로 엉거주춤 물러나 앉았다.

"이태양, 너한테 고맙다고. 3월에 '남녀 차이'를 주제로 발표하게 됐을 때, 이태양 네가 나를 앞으로 한 걸음 나오게 해줬잖아. 네가 아니었으면 난 지금도 계속 한 걸음 뒤로 물러난 곳에만 서 있었을 거야. 네가 날 처음 아이들 앞에 서게 했을 땐 어둠 속에 있다 갑자기 무대 위로 끌려나온 것처럼 무섭고 싫었어. 그런데 반 아이들과 얘기하다 보니까 우리 반 애들 대부분 나와 비슷한 생각을 하고 있더라고. 중학교에 올라온 뒤로 초등학교 때와는 다른 점이 많아서 다들 힘들어하고 있었는데 난 나만 힘든 줄 알았지 뭐야. 다들 새로운 환경에 어떻게든 적응해보려고 애쓰고 있는데…… 그날 이태양, 네 덕분에 알게 됐어. 누군가 한 걸음 앞으로 나와서 알려 주지 않으면 모르는 거구나, 라는 걸. 그러니까 이번엔 내가 먼저 한 걸음 앞으로 나와 보려고. 혹시 알아? 어쩌면 내 덕분에 누군가 한 사람 또 한 걸음 앞으로 나오게 될지?"

현정이는 열기가 느껴질 정도로 진지한 눈빛으로 나를 바라봤다. 그래서였을까? 갑자기 내 얼굴이 확 달아올랐다.

"어, 그, 그래! 너, 윤현정 맞아! 네가 포스터 해! 하라고!"

나는 벌겋게 달아오른 얼굴을 들키지 않으려고 아무 말이나 내뱉었다.

윤현정한테 윤현정이 맞다니! 대체 지금 나 무슨 소리를 한 거냐?

스스로 생각해도 어이없었지만 곧이어 이어진 영웅의 말이 나를 구해줬다.

"포토샵? 그게 뭐냐? 먹는 거냐?"

영웅이 나보다 더 어이없는 말을 내뱉었다. 아니, 농담을 했다. 그런데 영웅은 포토샵이 뭔지 정말, 진짜, 몰랐다. 현정이가 깔깔거리며 웃더니 포토샵이 뭔지, 포토샵으로 어떻게 콘서트 포스터를 만드는지 설명해 줬다. 영웅이한테만. 그것도 꽤 긴 시간. 그것도 꽤 다정한 목소리로.

"야! 윤현정, 시간 없어! 영웅이 이 녀석한테 계속 설명해 봤자 알아나 듣겠냐? 포스터는 현정이 네가 만든다며? 그냥 네가 알아서 잘 만들어!"

나는 현정이가 더 이상 영웅에게 설명할 시간을 주지 않았다. 뭐 샘이 나서 그런 건 절대, 절대 아니다. 단지 어떤 방법으로 홍보를 할 것인가, 더 중요한 문제에 대해 상의하고 싶었을 뿐이다.

"어휴, 괜히 난리야! 알았어, 알았다고! 아무튼 포스터는 내가 알아서 만들어 볼게. 광고에 들어갈 문구는 명랑이가 써오는 거지?"

현정이 말에 명랑이는 손사래를 쳤다.

"싫어! 포스터 문구는 다 같이 상의해서 만들어야지. 나 혼자 어떻게 쓰냐?"

"너, 꿈이 작가라며? 내가 이번 광고는 큰맘 먹고 이 명랑 작가님께 맡긴다!"

영웅이 무슨 굉장한 선물이라도 주는 것처럼 뻐기며 명랑이 어깨를 두드렸다.

"몰라! 일단 영웅이 할머니 만나서 이야기 먼저 들어보고. 아직 하겠다고 한 건 아니다?"

명랑이가 확인하듯 우리를 쳐다봤다.

"네, 네, 알았습니다. 명랑이 네가 하세요!"

내 대답에 명랑이는 내 손등을 꼬집었고 다른 애들은

박수를 쳤다.

"이렇게 아픔을 느끼면서도 할 일을 정해주는 것이 조장의 할 일인가요?"

나는 명랑이한테 꼬집힌 손등을 감싸 쥐면서 엄살을 떨었다.

"몰랐냐? 조장이 원래 힘든 일 하는 거야. 그런데 우리가 SNS에 홍보를 한다고 진짜 사람들이 올까?"

꼬집힌 사람은 난데 영웅이 나보다 더 시무룩한 표정으로 주위를 휘둘러봤다.

"왜?"

"효과가 없을 것 같니?"

여자애들이 동시에 영웅을 쳐다봤다.

"내가 뭘 아냐. 그래도 좀 그래. 우리 할머니가 유명한 가수도 아니고. 할아버지, 할머니들은 인터넷도 거의 안 한다고. SNS로 홍보를 해봤자 젊은 사람들만 볼 텐데…… 젊은 사람들이 우리 할머니 노래를 들으러 노인정까지 찾아올까?"

영웅이 걱정스런 눈으로 우리를 쳐다봤다.

영웅이 말을 듣고 보니, 정말 그랬다. 콘서트가 열리기 전에 영웅이 할머니가 아주아주 유명한 스타가 되면 또 모를까, SNS 광고를 보고 영웅이 할머니 노래를 들으러 일부러 노인정에까지 찾아오는 사람이 과연 몇이나 될까? 게다가 영웅이 말대로 SNS는 주로 젊은 사람들이 많이 사용하는데…… 홍보 대상을 잘못 잡은 건가?

"그럼 어쩌지?"

"뭐 좋은 방법이 없을까?"

우리는 누가 먼저랄 것도 없이 서로의 얼굴을 들여다보며 고개를 갸웃거렸다.

"영웅아! 할머니 애창곡은 뭐야? 할머니가 잘 부르시는 노래 있지?"

현정이가 영웅이 앞으로 바짝 다가가 앉았다.

"애창곡? 우리 할머니 십팔 번은 〈울어라 열풍아〉, 〈처녀뱃사공〉, 그리고 요즘은 〈내 나이가 어때서〉. 너무 노인들만 좋아하는 노래냐?"

영웅은 어울리지 않게 우물쭈물하며 우리들 눈치를 봤다.

"뭐 어때! 할머니가 노인들 좋아하는 노래 부르시는 건 당연하지!"

명랑이 그런 건 걱정 말라는 듯이 밝은 목소리로 대답했다.

"지금 생각해 보니까, 우리가 홍보 대상을 생각하지 않았던 것 같아."

"홍보 대상?"

내 말에 모두 진지하게 눈을 빛냈다.

"그래, 홍보 대상. 의상을 만들 때도 이 옷을 어떤 사람들이 입을지, 그것부터 생각하잖아. 이십 대가 좋아하는 옷인지, 캐주얼을 좋아하는 사람들을 위한 옷인지, 회사에 갈 때 입을 오피스룩을 찾는 사람들을 위한 옷인지, 그런 걸 생각해서 만들잖아. 그러니까 우리도 진짜 홍보를 하려면 콘서트에 올 사람이 누구일까, 어떤 사람들을 대상으로 홍보해야 하는 건가, 그것부터 먼저 생각해야 되는 거 아닐까?"

"와우! 이태양! 네 입에서 오피스룩이라는 단어가 다 튀어나오고! 너 지금 좀 똑똑해 보인다?"

명랑이 또 칭찬인 듯 칭찬 아닌 듯한 말을 했다.

"내가 원래 좀 똑똑하거든! 너희들은 진짜 대단한 조장이랑 같이 있는 거라고!"

나는 목에 잔뜩 힘을 주며 소리쳤다. 뒤이어 '홍보 대상'과는 전혀 상관없는 나의 아이큐에 대해 몇 분인가 농담을 주고받다 우리는 영웅이 할머니 노래콘서트에 대해 처음으로 진지하게 회의를 했다. 노래는 어떤 노래로 몇 곡을 부를 것인지, 의상은 어떤 식으로 준비하는 것이 좋은지, 어떤 사람들이 영웅이 할머니 콘서트에 오게 될지, SNS로만 홍보를 하는 것이 과연 가장 좋은 방법인지, 기타 등등에 대해 꽤 긴 시간 이야기를 주고받았다.

"SNS 말고 뭐 다른 방법은 없을까?"

현정이 시무룩한 얼굴을 했다.

"할아버지, 할머니들이 즐기는 콘서트니까 어르신들이 많이 모이는 곳에 광고를 하는 게 낫지 않아?"

명랑이 손으로 턱을 괴며 말했다.

"당연하지! 우리 할머니가 아이돌이나 걸그룹도 아니고 무조건 어르신들이 많이 와야지!"

영웅이 답답하다는 듯이 소리쳤다.

꽤 긴 시간 이야기를 했는데도 결국 다시 제자리로 돌아온 듯한 이 느낌은 대체 뭐지? 아이들 이야기를 들으며 나는 휴우~ 한숨을 내쉬었다.

정말 뭐 좋은 방법이 없을까?

주위를 두리번거리는데 정자 앞 얼음집 앞에 리어카를 세워 두고 폐지를 줍는 할아버지가 눈에 띄었다.

맞다!

나는 양손으로 무릎을 치며 벌떡 일어섰다.

"얘들아! 이건 어때?"

아이들 모두 나를 올려다봤다.

"지금 저 할아버지 보이지?"

나는 지금 막 리어카를 세우고 폐지를 줍고 있는 할아버지를 가리켰다.

"저기 저 할아버지?"

"나도 눈 있거든. 당연히 보이지."

"저 할아버지는 왜?"

아이들은 영웅이 할머니 콘서트 홍보와 폐지 줍는 할아버지가 대체 무슨 관계가 있는지 전혀 모르겠다는 얼굴로 나를 쳐다봤다.

"우리가 정자에 앉아 있는 동안 저 할아버지처럼 리어카를 끌고 다니면서 폐지 줍는 어르신들이 몇 번이나 이 앞을 지나간 줄 알아? 정확히 셀 수는 없지만 벌써 열 번은 더 지나갔어! 그러니까 우리도 리어카 광고판을 만들어 보자!"

"리어카 광고판?"

"그래, 리어카 광고판!"

나는 서둘러 떠오른 아이디어를 설명하기 시작했다.

"광고가 뭐야? 결국 많은 사람들한테 알리는 거잖아.

폐지 줍는 어르신들 보면 동네 구석구석, 좁은 골목까지 하루 종일 리어카를 끌고 다니잖아. 거의 안 다니는 데가 없을 걸? 몇 년 전부터 뉴스에도 나오더라고. 저 할아버지처럼 폐지 줍는 어르신들, 하루 종일 리어카를 끌고 다녀도 하루 만 원 벌기도 힘들대. 광고가 필요한 사람은 리어카에 광고를 해서 좋고, 어르신들은 폐지 주우면서 돈을 버니까 좋고. 리어카 양옆에 현수막을 만들어서 광고를 하는 거지. 리어카 광고판, 어때?"

나는 빠르게 이야기를 쏟아 내고 아이들을 쳐다봤다. 막상 아이디어를 내놓자 내 생각에만 좋을 뿐 다른 애들 생각에는 별로인 것은 아닌지, 반대하지 않을지, 걱정됐다.

"이태양! 너를 진정한 조장으로 인정한다!"

영웅이 갑자기 나를 꽉 껴안았다.

"이태양, 너 진짜 천재였던 거야?"

현정이 깜짝 놀란 눈으로 박수를 쳤다.

"네 머리에서 어떻게 이런 생각이 나올 수 있지?"

명랑이는 또 칭찬인 듯 아닌 듯 말하며 나를 향해 엄지를 치켜세웠다.

"아~~ 난 벌써 가슴이 두근거려. 장소도 구했지, 광고도 끝내주지. 내 생각엔 사람들 진짜 많이 올 것 같아. 영웅이 할머니 정말 가수 데뷔하는 거 아냐? 이러다 우리 영웅이 할머니 꿈, 정말로 이뤄 드리는 거 아니니?"

현정이 잔뜩 상기된 얼굴로 가슴 앞에 두 손을 마주 대고 활짝 웃었다. 순간 어디선가 시원한 바람이 불어오는 것만 같았다.

윤현정 웃는 얼굴이 이렇게 예뻤나?

현정이 얼굴이 갑자기 너무 달라 보여서 멍하니 바라보다 현정이와 눈이 마주쳤다. 나는 마치 물건을 훔치다 들키기라도 한 것처럼 깜짝 놀라 시선을 피했다.

"다들 빨리 짐 챙겨! 포스터 만들려면 할머니 얘기부터 들어봐야 된다며?"

나는 빨개진 얼굴을 들키지 않으려고 서둘러 앞장서 걷기 시작했다.

제7장 시작만 안 하면 돼! 실패도 좌절도 없으니까!

오늘은 일요일, 내가 사랑하는 일요일! 교복을 벗고 내 예쁜이들을 마음껏 입을 수 있는 날! 의상학과에 다니는 큰 누나 때문에 이상해도 너무 이상한 옷들을 많이, 그리고 자주 입다 보니, 나도 모르게 패션에 관심을 갖고 옷을 좋아하게 됐다. 눈에 팍팍 뛰는 스타일의 옷까지도! 패션에 관심이 생기니 내 예쁜 옷을 마음껏 입을 수 있는 날이 나한테는 너무 소중한 날이 됐다. 게다가 오늘은 명랑이가 처음으로 백일장에 참가하는 날!

"이 정도면 거의 모델이지?"

나는 지하철역 화장실 거울 앞에 바짝 붙어 섰다. 약속 시간에 맞춰 3번 출구 앞으로 나가기 전에 한 번 더 내 옷차림을 살폈다. 살짝 흰빛이 도는 왁스로 조금 힘을 줘서 언뜻 보면 회색으로 염색한 것처럼 보이는 머리와 머리를 쓸어 넘길 때마다 왼쪽 팔목 아래에서 기분 좋은 소리를 내며 흔들리는 은색 팔찌, 또 명랑이의 최우수상 수상을 기원하는 마음에서 부적처럼 메고 온 빨간 크로스백까지!

"이 정도면 완벽하지!"

나는 머리부터 발끝까지 나의 스타일을 한 번 더 점검한 뒤 화장실 밖으로 나왔다.

"야! 황영웅! 이건 명랑이 거라고!"

화장실에서 빠져 나와 3번 출구 앞으로 걸어가는데 현정이 목소리가 들려왔다.

"딱 한 개만 먹어 보자. 응?"

현정이가 팔뚝을 꼬집는데도 영웅은 유부초밥 하나를 입에 넣고 우물거렸다.

"이태양! 야, 조장! 내가 명랑이 주려고 만들어왔는데 황영웅이 먼저 먹어 버렸어! 아, 진짜, 짜증 나!"

현정이 나를 보자마자 짜증을 부렸다.

"뭐냐? 먹은 사람은 영웅인데 짜증은 왜 나한테 내? 앗싸!"

나는 사냥감을 향해 달려드는 독수리처럼 뚜껑이 열려 있는 도시락 통을 향해 잽싸게 달려갔다. 유부초밥 하나를 얼른 입에 넣었다.

"야! 안 돼! 먹지 말라고!"

현정이 이번에는 영웅이 팔뚝이 아니라 내 팔뚝을 꼬집었다.

"아야! 아야! 아퍼, 아프다고! 우리 귀한 조원이 먹기 전에 조장인 내가 먼저 먹어 본 거야. 상했는지 안 상했는지. 그런데 콜라는 없냐?"

"뭐! 이게 진짜!"

현정이 콜라 대신 내 등짝에 강한 주먹 한 대를 먹여 줬다.

"콜라보다 시원하지?"

영웅이 킥킥거렸다.

"그래? 그럼 영웅이 너도 한 대 맞아 볼래? 콜라보다 시원한지 안 시원한지?"

나도 킥킥거리며 영웅이 등짝을 향해 주먹을 날리는 시늉을 했다.

"너희들 쫌! 오늘 같은 날 꼭 장난을 쳐야겠니? 오늘 명랑이가 참가하기로 한 백일장이 어떤 백일장인 줄은 아는 거니? 일 년에 한 번 천안에서 열리는 백일장인데 이 백일장에서 장려상만 받아도 장학금을 백만 원이나 준대! 일등 하면 문학특기자로 대학 진학할 때도 진짜 유리한가 봐. 작년에 이 백일장에 나갔던 애들이 남긴 후기를 봤는데 장난 아니더라. 학생들 진짜 많이 오더라고. 명랑이가 글을 잘 쓰긴 하지만 주눅들 수도 있잖아? 그러니까 우리가 응원이라도 잘 해줘야 된다고. 너희들 백일장에 가서 어떻게 응원할지 생각해 봤어?"

현정이가 엄마처럼 잔소리를 늘어놓더니 보조 가방에서 현수막을 꺼냈다.

"짜잔~~ 이거는 명랑이 거, 이거는 영웅이 할머니 거."

현정이가 선물을 공개하듯 우리 눈앞에 현수막을 펼쳐 보였다.

"나무중학교 최고 인기 작가 이명랑?"

"황해도 소녀, 서울을 노래하다?"

"어때?"

현정이 심사위원의 판결을 기다리는 오디션 참가자처럼 숨죽이며 나와 영웅의 반응을 살폈다.

"이거 진짜 네가 만든 거야?"

"최고다!"

영웅과 나는 누가 먼저랄 것도 없이 감탄사를 연발했다.

"진짜? 진짜?"

현정이 얼굴 위로 미소가 번졌다. 순간 또 봄바람이 살랑이는 것처럼 부드러운 느낌이 귓가를 간질였다.

"그럼 진짜지, 가짜겠냐?"

나는 빨개진 얼굴을 들킬까 봐 퉁명스레 대답하고는 현정이가 만들어 온 현수막으로 고개를 돌렸다.

"뭐야, 진짜? 기껏 만들어 왔더니 반응이 뭐 이래!"

현정이 뾰로통한 얼굴로 입술을 삐죽거렸다.

"윤현정 최고! 짱! 진짜 잘 만들었어! 야, 삐지지 말고 명랑이한테 전화나 한번 해 봐. 어디까지 왔는지."

영웅이 아이 달래듯 현정이를 달래기 시작했다.

"으이구, 알았어! 어? 명랑이가 전화를 안 받네?"

현정이 왼쪽 귀에 핸드폰을 가져다 댄 채 초조한 얼굴로 우리를 쳐다봤다.

"무음으로 해 놓은 거 아냐?"

영웅이 목소리에도 불안감이 묻어 나왔다.

"왜 연락이 안 되지? 벌써 20분인데…… 천안까지 가려면 늦어도 30분에는 전철을 타야 된단 말이야……."

현정이 다시 명랑이에게 전화를 걸었다.

"오겠지 뭐."

"그래. 설마 안 오겠냐. 핸드폰 전원이 꺼졌거나 깜빡 잊고 안 갖고 나왔거나 그랬겠지 뭐."

나도 영웅도 별일 없을 거라는 투로 말하며 3번 출구

쪽을 쳐다봤다.

우리는 모두 같은 마음으로 3번 출구 쪽에 시선을 고정했다. 5분, 10분, 15분……시간은 계속 흘러갔다. 명랑이를 기다려 주지 않고 흘러가 버렸다. 백일장에 참가하려면 늦어도 10시까지는 천안에 도착해야 하는데 어느새 9시가 훌쩍 넘어 버렸다. 우리 동네에서 천안까지는 전철로만 1시간 15분이 걸리는데 지금 당장 출발한다고 해도 무리였다.

"늦었어. 이제 안 돼."

현정이 울먹거리기 시작했다.

"지금 출발해 봤자 백일장에는 참가도 못 하겠지?"

영웅이 발로 땅바닥을 툭툭 걷어찼다. 이제 다 끝났다는 듯이.

"명랑이는? 아직도 전화 안 받아?"

내 말에 현정이는 대답할 힘도 없는지 고개만 끄덕거렸다.

"무슨 사고가 난 건 아니겠지?"

영웅이 어깨를 축 늘어뜨렸다.

"사고가 났으면 우리한테 전화라도 해 주지 않았을까?"

현정이 어두운 표정으로 나와 영웅의 얼굴을 번갈아
바라봤다.

"내 생각엔……일요일에 만났을 때 우리가 명랑이를
너무 몰아세웠나 봐. 영웅이 할머니 콘서트 홍보를 리
어카 광고판으로 하기로 결정하고 곧장 영웅이네로 갔
었잖아. 태양이가 가져온 설문지 돌려 보면서 일단 우
리는 우리가 할 수 있는 걸 해 보자, 영웅이 할머니 콘
서트도 중요하지만 우리 중에 꿈이 있는 사람은 명랑이
뿐이니까 무조건 명랑이는 백일장에 참가하고 우리는
도와주자고 계속 얘기했잖아. 우리끼리만. 명랑이는 하
기 싫다고 했는데……너희도 생각나지?"

현정이는 불안한 얼굴로 손에 쥔 핸드폰을 만지작거
렸다.

"정말? 명랑이가 백일장 안 나간다고 했던 거 진짜
싫다는 거였어? 난 그냥 해본 말인 줄 알았지. 명랑이

꿈이 작가라며?"

영웅이 미간을 좁혔다.

"나도. 명랑이가 그랬잖아, 글 쓰는 게 제일 좋다고. 아닌가? 진짜 백일장에 나가기 싫었던 건가……."

현정이 말을 듣고 보니, 나도 헷갈리기 시작했다. 명랑이가 백일장에 나가고 싶은데 그냥 혼자 가기 싫어서, 한 번도 가 본 적이 없어서 그냥 해본 말이라고 생각했다. 겉으로만 싫다고 하는 줄 알았다. 그래서 명랑이가 싫다고 하는 데도 우리가 대신 참가 원서를 제출했다. 우리는 지금 명랑이의 꿈을 이뤄 주기 위해 모두 힘을 합쳐 도와주는 거라고 믿었다.

"진짜? 진짜 우리가 억지로 몰아세운 거야?"

어쩐지 힘이 빠져버렸다.

명랑이는 집에도 없었다. 명랑이네 부모님은 명랑이가 백일장에 참가한다는 사실조차 몰랐다.

"명랑이? 오늘 수행 평가 회의한다고 친구들 만나러 벌써 나갔는데?"

명랑이 어머니는 호기심 가득한 눈으로 나를 쳐다봤다. 눈빛으로 '일요일 아침부터 우리 명랑이를 찾으러 온 너라는 남자애는 대체 누구니?'라고 묻고 있었다. '혹시 네가 명랑이 남자친구?'라는 호기심으로 반짝거리는 눈빛, 그 눈빛 어디에도 명랑이가 거짓말을 했다는 의심은 찾아볼 수 없었다. 명랑이 어머니와 이 이상 더 대화를 나눴다가는 명랑이의 거짓말이 들통나 버리는 건 시간문제였다. 게다가 괜한 오해까지 받고 싶지는 않았다.

"네? 벌써 갔어요? 제가 조장인데 명랑이랑 같이 가려고 그랬거든요. 알겠습니다! 안녕히 계세요!"

나는 그 자리를 빨리 벗어나려고 서둘러 인사를 했

다. 후다닥 엘리베이터를 향해 돌아섰다.

"집에 있어?"

"어떻게 됐어?"

엘리베이터가 1층에 도착하자마자 영웅과 현정이가 나를 에워쌌다.

"없어. 현정이 말이 완전 맞았다니까!"

나는 발걸음을 빨리하며 아이들에게 뒤따라오라는 신호를 보냈다.

"정말? 내 말대로 명랑이가 부모님한테 백일장 참가하는 거 말 안 했지?"

현정이가 빠르게 내 뒤를 따라왔다.

"그래, 네 말이 맞더라니까. 명랑이네 부모님은 명랑이가 수행 평가 회의하러 간 줄 알더라니까!"

"진짜?"

현정이 걱정스런 얼굴로 한숨을 내쉬었다.

"그럼 명랑이 애는 대체 지금 어디 있는 거야! 도시락도 못 먹고 이게 뭐냐고!"

아파트 단지를 빠져나오자마자 영웅이 도시락이 든 보조 가방을 내려다보며 푸념했다.

"뭐 도시락? 영웅이 너 진짜 대단하다! 이런 순간에도 넌 어찜 도시락 먹을 생각을 할 수 있니?"

현정이 영웅에게 맡긴 도시락 가방을 뺏으려고 팔을 뻗었다.

"당연하지! 우리 집 가훈이 뭔 줄 알아? 금강산도 식후경이라고!"

영웅은 도시락 가방을 뺏기지 않으려고 잽싸게 아파트 정문을 향해 도망치기 시작했다.

앞서 뛰어가는 영웅과 현정이를 멍하니 바라보는데 어쩐지 힘이 빠져버렸다.

왜 난 일요일 아침의 꿈 같은 잠을 포기하고 서둘러 나왔던 걸까?

왜 난 새로 산 왁스까지 바르고 나온 거지?

내 일도 아닌데 왜 내 일처럼 흥분했던 거야?

어차피 명랑이 꿈이었잖아?

어차피 수행 평가일 뿐이었잖아?

걸을 때마다 왼쪽 팔목 아래에서 흔들리는 은색 팔찌마저 짤랑짤랑 거리며 나를 놀려 대는 것만 같았다. '이태양, 네가 남의 꿈을 이루어주겠다고? 네 꿈이 뭔지도 모르는 네가?'라며 낄낄거리는 듯했다.

터벅터벅 걷다 보니 어느새 영웅이네 골목 앞 정자가 보이기 시작했다. 바로 일주일 전에 우리가 함께 모여 앉아 이제는 영웅이 할머니 콘서트를 해 줄 수 있게 됐다며 즐거워했던 곳. 내가 제안한 리어카 광고판이라는 아이디어가 조원들 모두에게 받아들여지고 손바닥을 마주치며 파이팅을 외쳤던 곳. 그 순간에는 정말 내가 이 세상을 위해 빛나는 일을 하고 있는 것만 같아 무슨 커다란 상이라도 받은 것처럼 뿌듯했던 곳.

그런데 지금은 저기 보이는 저 정자도, 나도, 어쩐지 모두 바보같이 느껴졌다.

"앗! 이명랑이다!"

앞서 뛰어가던 영웅이 정자 앞에서 우뚝 멈춰 섰다.

"명랑이 너 대체!"

뒤이어 현정이가 운동화를 벗어 던지며 정자 위로 뛰어 올라갔다.

"명랑이라고?"

나도 서둘러 정자로 뛰어갔다.

정자 구석에 명랑이가 있었다. 잔뜩 웅크린 채 무릎에 얼굴을 파묻고 있었다.

"미안해……나 때문에…….'

명랑이는 우리 목소리를 듣고도 고개를 들지 않았다. 바짝 곤추세운 무릎에 얼굴을 깊숙이 파묻은 채 들릴 듯 말 듯한 목소리로 말했다.

"전화는 왜 안 받았어? 너 혼자 계속 여기 있었던 거야?"

현정이가 명랑이 어깨를 와락 감싸 안았다. 영웅은 정말 어이없다는 표정으로 정자 한쪽에 도시락 가방을 내려놓고는 철퍼덕 정자 끝에 걸터앉았다.

어휴~~

나는 내 입에서 터져 나온 숨소리가 한숨 소리인지 안

도의 숨소리인지 나도 모르겠다고 생각하며 영웅 옆에 주저앉았다. 어느새 하늘 높이 떠올라 있던 한낮의 태양이 뜨거운 열기를 내뿜으며 우리를 향해 달려들었다.

*

"너무……너무 무서웠어. 아무 상도 못 받을까 봐…….."

명랑이 울음을 터트렸다.

무섭다니? 뭐가? 백일장에 가면 괴물이라도 나온다는 거냐?

옆에 앉아 있던 영웅도 나와 똑같은 생각을 했는지 '정말 어이없다!'라는 얼굴로 명랑이를 쳐다봤다.

"상? 상을 못 받을까 봐 안 나온 거라고? 진짜야?"

현정은 벌어진 입을 다물지 못했다.

"미안……정말 자신 없었단 말이야! 글 쓰는 건 좋아해! 책 읽는 것도 좋아해! 정말 좋아한다고. 어렸을 때부터 그랬어. 넌 작가가 되겠구나, 작가가 되면 성공하겠구나. 다들 그랬어. 내가 책 읽고 글 쓰는 걸 좋아하니까. 나도 그런 줄 알았어. 나도 당연히 내가 작가가 될 거라고 믿었어. 다른 꿈같은 건 가져본 적도 없어!"

명랑이가 상체를 일으켜 세웠다. 참았던 말을 터트렸다.

"그런데?"

현정이 정말 모르겠다는 얼굴로 명랑이의 다음 말을 기다렸다.

"그러니까……다들 내가 작가가 될 거라고 믿고 있으니까! 내가 백일장에 나가면 다들 당연히 내가 상을 받을 거라고 생각할 거잖아!"

"그런데?"

이번에는 영웅이 정말 모르겠다는 얼굴로 명랑이를 바라보았다.

"다들 내가 상을 받을 거라고 생각하는데 입선도 못하면 완전 실망할 거 아니야! 백일장엔 한 번도 안 나가 봤다고! 내가 글 써서 받은 상이라고는 고작해야 초등학교 때 받은 교내 스승의 날 편지쓰기 대회가 전부야!

그때도 최우수상은 못 받았어! 교내 글쓰기 대회에서도 최우수상을 받아 본 적이 없는데 오늘 같은 큰 백일장에 나가봤자 내가 무슨 상을 받겠어? 진짜……자신 없단 말이야!"

명랑이의 울먹거림은 어느새 절규로 변해갔다. 우리에게 이야기한다기보다는 자기 스스로에게 소리치고 있는 듯했다.

"명랑아! 나, 진짜 하나만 물어보자. 뭐가 그렇게 자신 없는데? 상 못 받을까 봐? 상 좀 못 받으면 어때서?"

내 목소리는 내가 듣기에도 퉁명스러웠다. 그랬다. 명랑이의 말을 듣다 보니, 내 안 깊숙한 곳에서 불덩이 같은 것이 올라와 목을 꽉 메웠다. 답답했다.

"상 좀 못 받으면 어떠냐고? 이태양 넌, 네 일 아니라고 어쩜 이렇게 쉽게 말하니? 생각해 봐. 다들 내가 작가가 될 거라고 생각하는데 백일장에서 입선도 못 하면 날 얼마나 무시하겠어? 다들 그럴 거 아니야. 꿈이 작가라더니, 백일장에 나가서 입선도 못 하구 떨어졌다고!

그럴 바엔 차라리 백일장에 안 나가는 게 나아!"

명랑이 얼굴이 붉어졌다. 두 눈에 다시 눈물이 맺히기 시작했다.

그럴 바엔 차라리 백일장에 안 나가는 게 낫다고?

그러니까 명랑이 넌, 주변 사람들한테 무시당하게 될까 봐 그게 무서웠다는 거냐?

무시당할 바에야 아예 시작도 하지 않는 편이 낫다는 거야? 나는 너무 놀라 대답할 말을 찾지 못했다.

어차피 실패할 바에야 노력 한 번 해 보지 않고 포기해 버리는 편이 낫다고 말하는 아이, 지금 내 앞에 있는 이 아이가 정말 내가 아는 명랑이가 맞는 걸까?

내가 너무 놀라 어리둥절해 하고 있는데 갑자기 영웅이 일어나 정자 밖으로 달려 나갔다.

"앗! 할아버지!"

영웅은 보조 가방에 들어있던 현수막을 들고 이제 막 리어카를 끌고 나타난 할아버지를 향해 뛰어갔다.

"할아버지! 안녕하세요! 할아버지 리어카에 이 현수

막 좀 달아 주세요! 태양아, 와서 여기 좀 잡아 줘!"

영웅이 할아버지를 멈춰 세우고 나를 불렀다. 나는 후다닥 뛰어갔다. 영웅이 건네준 현수막 한쪽 끝을 잡고 반대편으로 걸어갔다. 할아버지 앞에 현수막이 넓게 펼쳐졌다.

"황해도 소녀, 서울을 노래하다? 이게 뭐여?"

할아버지는 리어카 손잡이를 잡은 채 갑자기 앞을 가로막고 선 우리를 어리둥절한 얼굴로 쳐다봤다.

"할아버지 리어카에 이 현수막 좀 달아 주세요!"

영웅이 우렁찬 목소리로 외쳤다.

"이 녀석들이! 비켜, 빨리! 먹고 살기도 힘들어 죽겠는데 내가 너희 같은 녀석들 장난질까지 도와줘야 되냐? 빨리 안 비켜!"

할아버지는 인상을 잔뜩 쓰며 호통을 쳤다. 우리 말은 더 들어보려고 하지도 않았다. 영웅과 내가 현수막을 접기도 전에 할아버지는 돌진하듯 리어카를 끌고 앞으로 나왔다.

"어, 어, 어!"

영웅이 현수막을 잡은 채 미끄러졌다. 그 바람에 나도 현수막을 손에서 놓쳐 버렸다. 후드득 현수막이 손에서 미끄러지며 땅바닥으로 떨어졌다.

"에잇! 나쁜 놈들! 하루 종일 리어카 끌고 다니면서 종이 줍는 건 뭐 쉬운 줄 알아? 고생하는 노인네 도와줄 생각은 안 하고, 뭐? 내 리어카에 천 조각을 달아 달라고? 에잇, 고얀 것들!"

할아버지는 우리 들으라는 듯이 계속해서 호통을 쳐 댔다. 뒤도 돌아보지 않았다.

에잇! 나쁜 놈들!

에잇! 고얀 것들!

할아버지는 떠나버렸지만 할아버지가 내뱉은 말은 그 자리에 그대로 남아 내 고막을 후려쳤다.

"우리가 왜 나쁜 놈들이지?"

영웅이 땅바닥에 떨어져 있는 현수막을 내려다보며 고개를 갸웃거렸다.

"고얀 놈들이라잖아…… 우리 말은 들어보지도 않았으면서……."

나도 힘이 빠진 채 땅바닥에 떨어져 있는 현수막을 내려다 봤다. 현수막에 흙먼지가 묻어 있었다. 오늘 아침 현정이가 우리 앞에 펼쳐 보였을 때는 무슨 별처럼 반짝거리던 현수막이 지금은 입다 버린 낡은 헌 옷처럼 초라해보였다.

마치…… 지금 우리들처럼.

"차라리 시작하지 않으면 실패도 없잖아……."

정자 쪽에서 명랑이가 훌쩍거리는 소리가 들려왔다.

나는 땅바닥에 떨어져 버린, 지금은 입다 버린 헌 옷처럼 낡고 구겨져 버린 현수막과 명랑이를 번갈아 바라봤다.

그래, 명랑이 네 말이 맞아. 시작도 하지 않으면 실패도 없어.

그러니까 시작 한 번 해보지 않고 지금 저 현수막처럼 그냥 구겨진 채 땅바닥에 납작 엎드려 있겠다고?

그래도, 그래도, 그건 정말 아니지!

나는 땅바닥에 떨어져 있는 현수막을 집어 들었다. 그렇게 하면 구겨진 자리가 말끔하게 펴지기라도 할 것처럼 허공에 대고 털기 시작했다. 흙먼지를 털어내며 정자로 뛰어갔다.

"맞아! 명랑이, 네 말이 다 맞아! 시작하지 않으면 좌절도 실패도 없어! 하지만 그래도 한번 해 봐야 되지 않을까?"

나는 방금 전까지 땅바닥에 떨어져 있던 현수막을 가슴 앞에서 넓게 펼쳐 들었다. 어느새 영웅도 내 옆으로 와서 시위하듯 또 하나의 현수막을 펼쳐 들고는 허리를 꼿꼿이 폈다. 영웅이 앞으로 쭉 내민 가슴 위에서 "나무중학교 최고 인기 작가 이명랑!"이라는 현수막이 깃발처럼 펄럭였다.

두 눈을 휘둥그레 뜨고 우리를 쳐다보던 명랑이가 마침내 입을 열었다.

"나, 코 좀 풀어도 돼?"

명랑이의 뜻밖의 말에 우린 모두 멍해져 버렸다.

"어? 그래!"

당황한 현정이가 엉겁결에 가방에서 손수건을 꺼내자마자 명랑이는 정자가 뒤흔들릴 만큼 세게 코를 풀었다.

저토록 터프하게 코를 풀 수 있는 여자라니!

어쩐지 명랑이의 전혀 다른 모습을 발견한 것만 같아 나는 당황했다. 영웅은 정말 놀랍다는 듯이 명랑이를 쳐다보며 벌어진 입을 다물지 못했다.

"너희들! 지금 본 건 잊어! 난 나무중학교 최고 인기 작가 이명랑이라고!"

명랑이는 현정이 손수건에 킁, 하고 한 번 더 우렁차게 코를 풀고는 언제 그랬냐는 듯이 자리를 털고 일어섰다.

제8장 마지막으로 한 번만 더!

할아버지, 할머니들은 눈길 한 번 주지 않았다. 영웅이 말로는 리어카를 끌고 다니며 폐지를 줍는 어르신들을 한 자리에서 많이 만나려면 고물상이 최고라고 했다. 우리는 "이명랑 백일장 도전"에는 성공하지 못했지만 다시 뭉쳤다.

월요일부터 오늘까지, 삼일 내내 같이 모여 영웅이 할머니 콘서트 포스터를 만들고 프린트까지 끝마쳤다. 오늘 우리는 수업이 끝나자마자 영웅을 따라 고물상으로 달려왔다. 한 자리에서 많은 어르신들을 만나 영웅이 할머니 콘서트에 대해 설명하고, 리어카에 현수막을 달아달라고 부탁할 생각이었다. 영웅이 말대로 고물상에는 리어카를 끌고 온 어르신들이 많았다. 하지만 말을 붙여볼 수도 없었다. 어르신들은 고물상에 리어카를 부리자마자 고물상 안쪽으로 폐지를 옮기느라 바빴다.

리어카 안쪽으로 허리를 굽혔다 펼 때마다 잔뜩 인상을 썼다. 폐지를 집어 들고 고물상 안쪽으로 한 걸음 한 걸음 내딛을 때마다 힘에 겨운지 가쁜 숨을 몰아쉬기도 했다. 현수막을 들고 뛰어가 몇 번인가 말을 붙여 봤지만 다들 우리를 쳐다보는 눈길이 곱지 않았다.

에잇! 고얀 놈들!

에잇! 나쁜 놈들!

일요일에 만났던 할아버지가 인상을 쓰며 우리에게 내뱉었던 말을 오늘도 다시 몇 번씩이나 들어야 했다.

"나라도 화날 것 같아. 저렇게 힘들게 살고 있는데 노래가 다 뭐야."

현정이가 손에 든 콘서트 포스터를 만지작거렸다.

"내 말이. 저기 계신 할아버지, 할머니들 중에 콘서트 같은 데 갈 수 있는 분들이 있기는 할까? 먹고 살기도 바쁜 분들한테 콘서트 홍보를 해달라는 것 자체가 이상하지. 저분들 눈에는 우리 같은 애들은 그냥 부모 잘 만나서 아무 걱정 없이 사는 걸로 보이겠지? 어휴, 정말 어떡하냐."

걱정스런 얼굴로 고물상을 쳐다보는 명랑이 머리 위로 어둑어둑 저녁이 몰려오고 있었다. 영웅도 여기서는 더 이상 해 볼 수 있는 일이 없는지, 아무 잘못 없는 고물상 담벼락만 툭툭 걷어찼다. 저녁 어스름이 내려앉고 있어서인지 우리 모두 거뭇거뭇한 어둠에 집어 삼켜지고 있는 듯했다.

뭐야? 너희들 표정이 대체 이게 뭐냐? 오늘이 뭐 지구 멸망의 날이냐? 외계인이 지구를 침공하기라도 한 거냐? 엉?

잔뜩 풀이 죽어 있는 아이들 얼굴을 더 이상 보고 있을 수 없었다.

"그래서? 이대로 포기하고 그냥 가? 리어카 광고판 말고 그럼 뭐 다른 좋은 방법이라도 있다는 거냐? 지금이라도 포기하고 다른 방법 찾아봐?"

내가 듣기에도 내 목소리에는 잔뜩 날이 서 있었다. 내가 괜히 화를 낸다고 생각했는지, 아이들 모두 내게 따지기 시작했다.

"우리는 뭐 포기하고 싶은 줄 알아?"

"지금 나도 진짜 속상하거든. 이태양 너까지 대체 왜 그래?"

"그러는 넌? 무슨 좋은 방법 있어?"

아이들이 일제히 으르렁거렸다. 당장이라도 나를 물어뜯을 기세였다.

"있긴 뭐가 있어! 아무 방법 없으니까! 그냥 한 번만 더 해 보자고!"

내 입에서 황당한 말이 튀어나왔다.

아무 방법 없으니까 한 번만 더 해보자고?

내가 생각해도 진짜 말이 안 됐다.

궁지에 몰리면 생각지도 못했던 말까지 튀어나오는 건가? 나는 엉뚱한 말을 내뱉어놓고 어떻게 수습할지 몰라 머리만 긁적거렸다. 그런데 나를 쳐다보는 아이들 눈빛이 빛나기 시작했다.

"아무 방법 없으니까 그냥 한 번 더 해 보자고? 이거 무슨 명언이냐?"

"완전 멋지다, 이태양!"

"그래! 다른 방법도 없잖아? 한 번만 더 해 보자!"

"오케이! 마지막으로 한 번만! 딱 한 번만 더 해 보고 이번에도 안 되면 그땐 깨끗이 포기하자!"

현정이가 만지작거리던 포스터를 다시 집어 들었다. 명랑이는 영웅이 발밑에 내려놓은 현수막을 다시 집어 들었다. 영웅은 담벼락을 걷어차던 발을 다시 제자리에 내려놓으며 휘파람을 불었다.

와와와~~ 와와와~~

어디선가 우렁찬 함성이 들려오는 듯했다.

*

내 고향 황주땅은~~ 능금꽃 피는 고장~~

푸른 바람 언덕 넘어~~ 반물 치마 펄럭이나~~

둥그레~~ 당기~~ 당실~~

싹트던 그 사랑~~ 사연도 아득코나 십여 년을~~

기약 없이 떠돌았네~~ 황해도 색시~~

현정이 휴대폰에서 영웅이 할머니 노래가 울려 퍼졌
다. 현정이가 휴대폰의 볼륨을 높였다. 황해도 소녀가
부르는 '황해도 색시'를 앞장세우고 현정이가 먼저 걷
기 시작했다. 그 뒤를 명랑이가 콘서트 포스터를 들고
뒤따라갔다. 나와 영웅은 "황해도 소녀, 서울을 노래하
다!"라고 큼지막하게 씌어 있는 현수막을 하늘 높이 들
고 고물상을 향해 한 발 한 발 힘주어 걸어갔다.

"저 녀석들 아직도 안 갔어?"

"애들이 왜들 저러는 거야? 응?"

"하루 종일 힘들어 죽겠는데 왜 시끄럽게 떠들고 난리여!"

어르신들이 일제히 우리를 쳐다봤다. 여전히 못마땅한 얼굴로 우리를 쳐다보는 눈빛에는 불만이 가득했다. 현정이 핸드폰에서 울려 퍼지는 노랫소리가 가까워질수록 어르신들의 표정은 점점 더 험악해져 갔다.

"계속 가? 나 좀 무서워……."

앞서 걷던 현정이가 주춤거리기 시작했다.

"진짜 화나신 것 같아. 어떡해……."

현정이 뒤를 따라 걷던 명랑이도 우물쭈물하며 나와 영웅을 뒤돌아봤다. 현정이와 명랑이 얼굴 너머로 어르신들이 보였다.

잔뜩 찡그린 얼굴, 힘겹게 폐지를 줍느라 노래 같은 건 들을 틈도 없어 어쩐지 화가 나 있는 것 같은 얼굴, 어렸을 적 즐겨 불렀던 노래마저 다 잊어버린 듯한 얼굴…… 고물상 앞 리어카 앞에 늘어서 있는 할아버지, 할머니들 얼굴 위로 영웅이 할머니 목소리가 들려왔다.

"전쟁 터지고, 서울에서 살게 됐는데, 참 퍽퍽했지. 어른들은 날마다 돈벌이한다고 나가버리고, 누구 하나 웃는 사람이 없었어. 사람 사는 곳인데 웃음소리도 없고, 노랫소리도 사라지고. 사느라고, 열심히 사느라고, 다들 노래를 잊어버린 거여. 노래마저 잊어버릴 만큼 열심히 살기만 한 거야. 그런 사람들 앞에서 멋지게 노래 한 번 불러보는 게 내 꿈이여."

나한테도 꿈이 있었다며 우리에게 꾸깃꾸깃 구겨져 버린 노래자랑 포스터를 내밀던 영웅이 할머니, 아무도 없는 깊은 산속에서 혼자 노래 부르던 영웅이 할머니의 목소리가 내게 속삭였다. 멈추지 말라고. 곧장 가라고. 저 어르신들한테, 열심히 사느라고 노래마저 잊어버린 사람들한테 내 노래를 한 번 들려주라고.

"가! 곧장 가! 이번이 마지막이라고!"

나는 현수막을 움켜쥔 손에 더 세게 힘을 줬다. 현수

막을 더 높이 들어 올렸다.

"우리 할머니가요! 콘서트를 한다니까요! 할아버지, 할머니들처럼 고생만 잔뜩 한 우리 할머니가요, 노래를 부르게 됐다니까요! 황해도에서 내려와 서울살이 하느라고 이제는 잘 걷지도 못하게 된 우리 할머니가 콘서트 한 번 해 보겠다고요!"

내 옆에서 발맞춰 걷던 영웅도 현수막을 더 높이 들어 올렸다. 밥 먹을 때 말고는 절대로 보여준 적 없는 진지한 얼굴로 어르신들을 향해 소리쳤다.

우리 할머니, 노래 한 번 들어보라고.

첩첩산중 두메골짝~~ 구월산 산기슭에~~

임도 없는 그 땅에서~~ 누굴 위해 피어졌나~~

둥그레~~ 당기 당실~~

진달래 사랑아~~ 시들은 내 청춘만 따져보는~~

넋두리만 실었구나~~ 황해도 색시~~

현정이 휴대폰의 볼륨을 더 높였다. 영웅이 할머니

노랫소리가 우리보다 먼저 어르신들한테 날아갔다. 잔뜩 찡그린 얼굴로 우리를 쳐다보던 할아버지, 할머니들 사이에서 누군가 "황해도 색시~~"를 따라부르기 시작했다. 뒤이어 "둥그레~~ 당기 당실~~" 후렴구를 따라 부르며 몇몇 할머니가 우리 쪽으로 다가오기 시작했다. 갑자기 한 할머니가 "나도 황해도 아가씨여!" 하면서 불쑥 앞으로 걸어 나왔다. 그러고는 영웅과 내가 들고 있던 현수막을 홱 낚아챘다.

"여기다 달아 주면 되는 겨?"

나도 황해도 아가씨라는 할머니는 "우리 자리는 제일 앞자리여!"라면서 할머니 리어카 옆에 우리가 만들어 온 현수막을 단단히 묶었다. 리어카 손잡이를 우지끈 움켜쥐더니 천천히 리어카를 끌고 고물상을 벗어났다.

"그려, 이게 뭐 돈 드는 일이여? 나도 한 장 줘 봐!"

뒤이어 또 한 분이 현수막을 받아갔다. 그러자 고물상 앞에 늘어서 있던 어르신들 모두 언제 그랬냐는 듯이 웃으며 너도 나도 우리가 만들어 온 현수막을 받아갔다.

"황해도 소녀, 서울을 노래하다"라는 리어카 광고판을 양옆에 매단 리어카들이 한 대 두 대 천천히 움직이기 시작했다. 좁은 골목길을 벗어나 큰 길을 향해 나아가는 리어카들 뒤로 바퀴 굴러가는 소리가 경쾌한 음악처럼 들려왔다.

제9장 꿈은 노래 부른다

영웅이 할머니는 프로였다. 공연 시작을 알리는 암흑
이 걷히고, 드디어 무대 위로 조명이 켜지자마자 황해
도 소녀는 노래 불렀다.

야~ 야~ 야~

내 나이가 어때서~~

황해도 소녀가 입을 열자마자 콘서트장으로 꾸며진
노인정 안에 노랫소리가 찌렁찌렁 울려 퍼졌다. 엄청난

성량이었다. 레이스로 장식된 흰색 모자와 수백 개의 진주 구슬이 수놓아져 있는 웨딩드레스를 입고 황해도 소녀는 의자에 앉은 채 몸을 흔들었다. 의자에 앉은 채로 리듬에 맞춰 손을 흔들고 어깨를 움직이는데, 그 모습이 너무 자연스러워서 다리가 불편한 사람이라고는 상상할 수도 없었다.

내 모습을 바라보면서~~

세월아 비켜라~~

내 나이가 어때서~~

사랑하기 딱~~ 좋은 나인데~~

황해도 소녀의 열창에 할아버지, 할머니들로만 이루어져 있는 관객들이 노인정 바닥에 앉은 채 덩실덩실 어깨춤을 추기 시작했다. 공연 시간보다 훨씬 일찍 찾아와 무대 맨 앞줄에 자리를 잡고 앉은 리어카 할아버지와 할머니들도, 형형색색의 색종이로 콘서트 무대를

꾸며준 영웅이 할머니의 노인정 친구 할머니들도, 다른 노인정에서 앰프며 방석을 싣고 와 준 노인정 할아버지들도 무대 앞에 나란히 늘어앉아 이리 흔들, 저리 흔들, 몸을 흔들며 노래를 따라 불렀다. 박수치고 맘껏 소리 질렀다.

"다 같이! 야~ 야~ 야~"

황해도 소녀가 허공 위로 번쩍 손을 치켜들었다. 여기저기서 벌떡 일어나 춤을 추기 시작했다. 콘서트 장은 갑자기 댄스홀로 바뀌고 노인정 문 앞을 지키던 할아버지 두 분이 탬버린을 들고 달려 나왔다. 찰찰찰 찰찰찰 탬버린 소리 위로 야~ 야~ 야~ 황해도 소녀의 노랫소리가 더해지고, 이제는 너나 할 것 없이 자리를 박차고 일어났다. 두 팔을 위로 아래로 옆으로, 엉덩이를 왼쪽 오른쪽으로 마구 흔들어 댔다. 다 같이 미친 듯이 소리 지르고 뛰었다.

"와! 이분들 진짜 노인들이 맞는 거냐?"

나는 내 눈을 의심했다. 노래 부르는 영웅이 할머니

나 노래를 따라 부르며 춤추는 노인들이나 내 눈에는 십 대인 우리보다 훨씬 에너지가 넘쳐 보였다.

"아니! 이분들은 노인 아닌데? 이태양 너만 노인네야! 너만 가만히 서 있잖아!"

영웅이 내 어깨를 툭 쳤다. 나 보란 듯이 두 팔을 위로 번쩍 들어 올리며 박수를 쳐댔다.

"날 따라 해봐요, 이렇게!"

영웅이 박수치며 엉덩이를 흔들어 댔다. 현정이와 명랑이도 킥킥거리며 영웅을 따라하기 시작했다. 여기서는 절대로 다른 춤은 춰서는 안 된다고 약속이나 한 듯이 박수치며 엉덩이를 흔들어 댔다.

그래? 그렇다면 엉덩이로 이름쓰기로 단련된 나의 엉덩이춤을 보여 주마!

나도 미친 듯이 엉덩이를 흔들어댔다. 우리가 엉덩이를 흔들어대자 탬버린 할아버지들이 우리한테로 달려왔다. 내 엉덩이에 대고 탬버린을 쳐댔다. 찰찰찰 찰찰찰 탬버린이 엉덩이에 닿을 때마다 나는 "오 예! 오예!" 미친 듯이 소리 질렀다.

언제 또 이런 경험을 해 볼 수 있을까?

나는 강아지처럼 팔짝팔짝 뛰어오르며 무대를 바라봤다. 황해도 소녀의 머리 뒤로 우리가 만든 파워포인트의 슬라이드가 계속해서 영웅이 할머니의 지난날을 보여주고 있었다. 황해도에서 태어나 서울에서 할머니가 된 소녀가 가수가 되고 싶다……노래 부르고 싶다……전쟁 중에도, 깊은 산 속에서도 보석처럼 간직하고 있던 "꿈"이 조명보다도 더 빛나게 무대를 비추고 있었다.

나는 황해도 소녀의 모습을 담은 슬라이드들을 바라보다 내 옆에서 소리 지르며 엉덩이를 흔들어 대는 우리 조원들을 바라봤다. 완성된 리어카 광고판의 디자인을 보여주려고 노트북을 들고 온 현정이, 무릎 위에 노트를 펼쳐 놓고 포스터에 들어갈 문구를 궁리하는 명랑이, 다리가 불편한 할머니를 위해 할머니가 콘서트 무대에서 앉을 의자에 빨간색 페인트칠을 하는 영웅의 모습까지, "꿈"을 이룬 영웅이 할머니의 모습 위로 우리들의 모습이 겹쳐졌다.

"앵콜! 앵콜! 앵콜!"

마지막 노래가 끝나고 앵콜이 이어졌다.

영웅이 할머니가, 아니 꿈을 이룬 황해도 소녀가 이마에 홍건히 고인 땀을 닦으며 마이크를 꼭 쥐었다. 지그시 관객들을 바라보며 숨을 고르다 입을 열었다.

내 고향 황주땅은~~ 능금꽃 피는 고장~~

푸른 바람 언덕 넘어~~ 반물 치마 펄럭이나~~

둥그레~~ 당기~~ 당실~~

싹트던 그 사랑~~ 사연도 아득코나 십여년을~~

기약없이 떠돌았네~~ 황해도 색시~~

시간은 순식간에 흘러갔다. 무대는 어느새 마지막 앵콜곡을 향해 달려가고, 실수하거나 부족한 부분이 많았지만 우리의 첫 "꿈 찾기 대작전"은 그렇게 막을 내렸다.

제10장 꿈은 미래에서 온다

사진 한 장으로 우리 조 발표는 시작됐다. 반 아이들의 시선이 칠판을 가득 채운 슬라이드 속 사진에 고정됐다. 사진 속에서 흰색의 웨딩드레스를 입은 할머니는 다리가 불편한지 의자에 앉은 채로 마이크를 잡고 있다. 희끗희끗한 머리의 노인들이 할머니를 중심으로 서서 활짝 웃고 있다. 사진의 양옆 끝자락에서 "황해도 소녀, 서울을 노래하다"라는 글자가 큼지막하게 프린트되어 있는 핑크색의 현수막을 들고 서 있는 사람은 나와 영웅이다. 현정이와 명랑이는 순백의 웨딩드레스를 입은 할머니 뒤에 꽃다발을 들고 서 있다.

"3조 조장 이태양입니다. 먼저 저희 조원들을 소개하겠습니다. 왼쪽부터 윤현정, 황영웅, 이명랑입니다."

나는 우리 조원들을 소개하며 반 아이들이 사진을 좀 더 잘 볼 수 있도록 칠판 옆으로 비켜섰다. 내 옆에 나란히 서 있던 조원들도 나를 따라 옆으로 비켜서서 내 얼굴을 쳐다봤다. 모두 '잘해라, 이태양!'이라고 눈빛으로 응원을 보내왔다.

"저희 3조는 이번 자유 시간 수행 평가로 황영웅 할머니의 꿈 이뤄 주기에 도전했습니다. 한 달 전 선생님께서는 자유 시간 수행 평가로 트레버처럼 한 사람이 세 명의 꿈 찾기를 도와주라는 숙제를 내주셨습니다. 그런데 3조는 왜 조원들 꿈 찾아 주기는 하지 않고 황영웅 할머니 꿈 이뤄 주기를 했을까요? 다들 이상하게 생각할 것 같습니다. 먼저 이 사진을 봐 주십시오."

나는 슬라이드 화면 속 사진에 대해 설명하기 시작했다.

"이 사진은 황영웅 할머니의 콘서트가 끝난 뒤에 찍

은 단체사진입니다. 한 달 전 저희 3조는 수행 평가 숙제를 받은 첫날, 우연히 황영웅 집에 가게 되었습니다. 황영웅 집에 함께 모여 각자의 꿈에 대해 이야기했죠. 그런데 어려서부터 작가가 되겠다고 생각해 온 명랑이 말고는 아무도 이렇다 할 꿈이 없었습니다. 우린 제일 먼저 뭘 하고 싶은지 얘기를 해 봤어요. 저도 처음으로 제 꿈에 대해 진지하게 생각해 봤습니다. 난 진짜 뭘 하고 싶지? 고등학교에 올라가기 전에 보드를 좀 더 잘 타고 싶고, 어깨까지 머리를 길러 보고 싶고, 또 대학생이 되면 제일 먼저 운전면허증을 따고 싶고, 아르바이트를 해서 돈을 모은 다음에는 배낭여행을 가고 싶고, 또 취직을 해서 돈을 벌게 되면 제일 먼저 자동차를 사고 싶고 그렇지만 이런 것들이 과연 내 꿈인가? 의아해졌죠."

나는 잠시 말을 멈추고 3조 아이들을 지그시 바라봤다. 영웅이, 현정이, 명랑이를 바라보며 지난 한 달 동안 우리들이 함께 나눴던 얘기들을 떠올렸다.

"영웅이도 현정이도 저와 마찬가지였습니다. 꿈에 대해 얘기하면 할수록 우리가 지금 꿈을 이야기하고 있는 건지, 직업을 이야기하고 있는 건지 헷갈리기 시작했어요. 그런데 명랑이가 그러더라고요. 명랑이는 어렸을 때부터 그냥 책 읽고 글 쓰는 게 좋았고, 자신이 책 속 주인공이라면 얼마나 좋을까 상상하다 보니 글도 쓰게 됐다고요. 그냥 책 읽고 상상하고 글 쓰는 게 좋으니까 당연히 작가가 되고 싶었다고요. 작가가 되면 글도 쓰고 돈도 벌 수 있으니까. 그러면서 우리한테 묻더라고요. 너희는 그런 거 뭐 없냐고요. 솔직히 명랑이 질문에 아무도 대답하지 못했습니다. 그래서 우린 우리 중에 꿈이 있는 사람은 명랑이뿐이니까 일단 명랑이가 작가라는 꿈을 이룰 수 있도록 도와주면서 각자의 꿈에 대해 생각해 보기로 했습니다."

여기서 잠깐 나는 발표를 중단해야 했다.

"저 사진은 황영웅 할머니 콘서트 사진이라며?"

내 발표를 듣고 있던 미애가 갑자기 질문을 해왔기

때문이다.

"그러니까 내가 그거 얘기하려고 지금까지 설명을 한 거라고. 내 설명이 너무 길었나? 미안, 미안. 아무튼 그랬는데, 우리 얘기를 듣고 계시던 황영웅 할머니가 내 꿈도 이뤄 줄 수 있냐고 물으시는 거야. 그럼 황영웅 할머니 꿈에 대해서는 황영웅이 직접 발표하도록 하겠습니다."

나는 뒤로 한 발 물러서며 영웅을 쳐다봤다. 영웅은 두 눈을 무섭게 부릅뜨며 나를 째려봤다. '야, 이태양! 네가 다 알아서 발표한다고 했으면서 나는 왜 끌어들이냐?'라고 온몸으로 불만을 발산하고 있었다. 그러거나 말거나 나는 뒤로 물러나 입을 꾹 다물어 버렸다. 할 수 없다는 듯이 영웅이 앞으로 나왔다.

"우리 할머니는 옛날부터 노래 듣는 것도 좋아하고 부르는 것도 좋아하셨습니다. 그런데 꿈이 가수였다는 건 저도 몰랐습니다. 우리 조 애들이랑 꿈 얘기를 하는데 할머니가 얼마 전에 있었던 구민노래자랑 포스터를 보여주면서 가수가 꿈이었다는 겁니다. 저도 몰랐는데 올 봄에 구민노래자랑 예선전에서 1등을 했었대요. 그런데 다리 수술을 하는 바람에 본선에는 못 나갔다고 하셨습니다. 관절염이 너무 심해져서 얼마 전에 수술을 받으셨거든요. 다리가 더 아파지기 전에 사람들 앞에서 노래 한 번 꼭 불러보고 싶다는데……사실 뭐, 저는 우리 할머니니까 당연히 제가 할 수 있는 건 뭐든 다 해드리고 싶었죠. 그런데 우리 조 애들한테 미안하더라고요. 수행 평가 숙제는 애들 꿈 찾아 주는 거였으니까요."

영웅이 녀석이 발표를 하다 말고 갑자기 우리 쪽으로 고개를 돌렸다.

"나, 지금까지 말 못 했었는데, 애들아! 진짜 고맙다. 사랑한다!"

영웅이 양팔을 머리 위로 들어 올리더니 우리를 향해 하트를 날렸다.

"뭐냐! 사랑 고백이냐?"

"그 하트 누구한테 쏜 거야?

"현정이냐, 명랑이냐?"

"우우우! 누구한테 날리는 하트냐고! 빨리 말해라!"

반 아이들이 책상을 두드리며 열렬한 반응을 보이자 영웅은 짓궂게 웃으며 현정이와 명랑이를 번갈아 쳐다봤다. 영웅과 눈이 마주치자 현정이가 얼굴을 붉혔다. 명랑이도 수줍어하며 영웅이 눈길을 피했다.

뭐냐? 이거? 너희들 진짜 이번 수행 평가하면서 영웅이한테 반하기라도 한 거냐? 너희들 눈에 나는 안 보이는 거냐?

순간, 나는 내가 투명인간이 된 것만 같았다. 그래, 그런 거다. 영웅이랑 눈이 마주치자마자 현정이가 얼굴을 붉혔다고 해서, 영웅이 눈길에 현정이가 갑자기 사랑에 빠진 수줍은 여자처럼 굴었다고 해서, 내가 이렇게 기분이 나쁜 건 절대로 아니다. 내가 지금 이렇게 무척이나 기분이 나쁜 건, 바로, 바로, 나도 앞에 나와 서 있는데 나만 완전 투명인간이 된 것 같아서 기분이 나쁜 걸 거다! 현정이 반응 때문에 기분 나쁜 건 절대로, 절대로 아니라고!

"야! 황영웅! 발표나 해~!"

나는 날이 잔뜩 선 목소리로 영웅에게 주의를 줬다. 그랬더니 반 아이들은 내가 무슨 역적이라도 된 것처럼 우우우! 우우우! 나한테 야유를 퍼부었다. 영웅이 대체 누구한테 하트를 날린 건지, 현정이인지 명랑이인지 밝히기 전에는 절대로 멈추지 않을 듯했다.

"그러니까 내 하트는 바로, 바로, 이태양!"

영웅이 나를 향해 다시 하트를 날려 보냈다. 찡긋, 윙크까지 했다.

"이태양! 완전 사랑한다! 고맙다!"

영웅의 뜻밖의 고백(?)에 나는 완전 당황했다. 영웅은 내게 한 번 더 윙크를 하더니, 반 아이들과 선생님을 쳐다보며 다시 발표를 이어갔다.

"진짜 태양이한테 고마워요. 태양이가 그러더라고요. 성적과 상관없이, 수행 평가 점수를 잘 못 받더라도 영웅이 할머니 꿈을 이뤄드리고 싶다고요. 태양이 아니었으면 우리 할머니 콘서트도 못했을 겁니다. 제 꿈도 못 찾았을 거구요. 전 머리 쓰는 거 완전 싫거든요. 나중에 어른 되면 전 머리 쓰는 직업 말고 머리 안 쓰는 직업 중에서 아무거나 해야겠다고만 생각했습니다. 태양이 덕분에 남들 앞에서 한 번만이라도 가수처럼 멋지게 노래를 불러보고 싶다는 우리 할머니 꿈을 이뤄 줄 수 있었고요, 어쩌면 저도 제가 할 수 있는 일을 찾은 것 같습니다!"

영웅이 쑥스러운 듯 머리를 긁적거렸다.

"할머니 콘서트 준비하면서 영웅이 네 꿈을 찾은 것 같다고?"

담임 선생님은 영웅을 쳐다보며 정말 기대가 된다는 듯이 눈을 빛냈다.

"저도 몰랐는데…… 제가 할머니, 할아버지들과 있는 걸 좋아하더라고요. 몸이 불편한 어르신들 돌보는 것도 좀 잘하는 것 같고요. 음, 아닌가?"

영웅이 멋쩍은 듯 우물쭈물하자 옆에 서 있던 현정이

가 즉시 "아니야! 영웅이 너, 진짜 최고였어!"라며 영웅에게 엄지척을 했다.

명랑이도 "영웅이가 할머니들한테는 완전 스타더라고요!"라면서 현정이를 거들었다.

"히히. 제 입으로 제가 뭐 잘한다고 말하니까 좀 그런데, 아무튼 그래서 사회복지사를 해 보면 어떨까, 그런 생각을 해 봤습니다!"

영웅은 구호를 외치듯 뜻밖에 찾게 된 자신의 꿈에 대해 말하고는 얼른 제자리로 돌아가 버렸다.

"멋지다!"

누군가 영웅을 향해 박수를 치기 시작했다. 박수 소리는 교실 뒤쪽까지 파도처럼 번져갔다. 박수를 받은 사람은 영웅이인데 나는 마치 내가 박수를 받기라도 한 것처럼 뿌듯했다. 태양이 덕분이라는 영웅의 말 때문이었을까? 내가 느끼는 이 순간의 벅찬 감정은 과연 어디에서 비롯된 걸까, 생각하는데 현정이가 한 발짝, 앞으로 걸어 나왔다.

"저도 태양이한테 고맙다는 말을 먼저 하고 싶어요. 고맙다, 이태양!"

현정이가 나를 바라봤다. 나를 바라보며 활짝 웃는 현정이 눈이 반달 모양으로 휘어져 있었다. 순간 화르륵, 뜨거운 열기가 내 온몸을 휘감았다. 으으으, 보나마나 지금 내 얼굴, 완전 빨개져 있을 거다. 나는 어디에 시선을 두어야 할지 몰라 천장을 올려다보며 딴청을 부렸다.

우우우!

와와와!

너희들 뭐 하는 거냐? 지금 사랑 고백 타임이냐?

아이들이 야유를 퍼부으며 책상을 두드려댔다.

"조용히 좀 해봐. 현정이가 말한다잖아!"

영웅이 버럭 소리를 질렀다. 그 바람에 아수라장이 될 뻔했던 교실은 다시 잠잠해졌다. 후유, 나는 아무도 모르게 안도의 한숨을 내쉬었다.

현정이가 이야기를 시작했다.

"실은 저도 영웅이랑 똑같이 딱히 잘하는 것도 없고 하고 싶은 것도 없었거든요. 솔직히 뭘 해야 될지 전혀 몰랐죠. 부모님한테 뭘 배워 보고 싶다고 말하기도 힘들었고요. 어렸을 때부터 우리 부모님은 하루 빨리 꿈을 찾아서 집중해야 한다, 하나에 집중해야지 이것저것 하느라 갈팡질팡하면 안 된다, 늘 똑같은 말씀만 하셨거든요. 제가 하고 싶을 일만 찾으면 그게 뭐든 밀어 준다고는 했지만, 전 뭘 해 보겠다고 부모님한테 말할 자신이 없었어요. 뭐든 시작하면 반드시 꾸준히 해서 끝을 봐야 된다고만 하니까요. 시작했다가 중도에 관두면 괜히 실망만 할 게 뻔하잖아요. 그런데 영웅이 할머니 콘서트를 준비하면서 그런 생각을 하게 됐어요. 어쩌면 꼭 무언가를 이루지 않아도 경험을 해 보는 것, 그 자체만으로 굉장한 의미가 있는 거 아닐까? 영웅이 할머니 콘서트 준비하면서 제가 직접 포토샵으로 포스터도 만들고 페이스북이랑 블로그 같은 SNS에 홍보도 했거든요. 나중에 꼭 마케터나 광고 관련 일을 하는 사람이 되지 않더라도 이번에 홍보를 해 본 경험은 저한테는 엄청난 재산이 된 것 같아요. 이번 경험으로 나도 뭔가를 할 수 있구나, 조금은 자신감을 얻게 된 것 같아요. 아직 이렇다 할 꿈을 찾은 건 아니지만요. 이번에 콘서트 준비한 것처럼 이런 저런 경험도 많이 해보고, 배워 보고 싶은 것들도 찾다 보면 언젠가 제 꿈을 만날 수 있지 않을까요? 그리고 저 이번에 결심했어요. 이번 여름 방학엔 만화학원에 한 번 다녀보고 싶다고 부모님께 꼭 말해 보려고요. 만화학원에 다녀서 꼭 만화가가 되겠다는 건 아니지만 그래도 배워 보고 싶다고, 한 번 용기 내서 말할 거예요!"

현정의 얼굴이 붉게 상기되어 있었다. 내 눈에는 현정이가 꼭 참을 수 있을 때까지 참았다가 한꺼번에 푸하, 하고 큰 숨을 내뱉은 사람처럼 후련해 보였다. 아마, 아니 분명히 현정이는 집에 돌아가서도 지금 이 자리에서 그랬던 것처럼 부모님 앞에서도 용기를 낼 수 있을 거란 생각이 들었다.

"이제 내 차례 맞지?"

현정의 발표가 끝나자마자 명랑이가 마치 바톤 터치라도 하듯 재빨리 입을 열었다. 내 눈에는 명랑이가 왠지 무척이나 서두르는 듯했다. 그렇게 서두르지 않으면 모처럼 어렵게 한 결심이 무너지기라도 할까 봐 두려운 사람처럼 보였다.

"아~~ 막상 말하려고 하니까 진짜 힘드네요. 전 제가 이렇게 겁쟁이인 줄 몰랐어요……."

명랑이는 더 이상 말을 잇지 못했다. 고개를 푹 숙인 채 발끝만 내려다 봤다. 옆에 서 있던 현정이가 가만히 손을 뻗어 명랑이 어깨를 감쌌다. 명랑이가 당장이라도 울음을 터트릴 것만 같아서 나는 지금이라도 우리 조 발표를 끝내야 하는 건 아닌지, 걱정되기 시작했다.

"그러니까, 명랑이 얘기는 다음에 듣기로 하고……."

갑자기 어색해진 분위기를 수습하려고 내가 입을 열자 명랑이가 고개를 들었다.

"미안. 나, 계속할 수 있어. 아니, 계속할게. 지금 말

안 하면 진짜 못할 것 같아서 그래."

명랑이는 어깨에 올려져 있는 현정이 손을 꼭 쥐면서 다시 말을 이어갔다.

"우리 조 애들이 저한테 그러더라고요. 우리 중에서 꿈이 있는 사람은 명랑이 너뿐이니까 일단 명랑이 네 꿈부터 먼저 시작해 보자고. 그래서 아이들이 백일장 신청을 해 줬는데…… 그랬는데…… 막상 백일장에 가야 하는 날이 되니까 너무 무서웠어요. 어려서부터 늘 명랑이 넌 작가가 될 거야, 이런 말을 들어왔는데 막상 백일장에 나간다고 하니까 너무, 너무 무서웠어요. 백일장 같은 데 나갔다가 아무 상도 받지 못 할까 봐. 그러니까 전 작가가 되겠다는 마음만 있었지, 실패라든가 좌절 같은 건 하고 싶지 않았나 봐요. 칭찬만 듣고 싶었던 거죠."

명랑의 뜻밖의 고백(?)에 반 아이들은 꽤 놀란 것 같았다. 그런데 뒤이어 이어진 명랑이의 말은 반 아이들뿐만 아니라 나조차도 깜짝 놀라게 만들었다.

"실은······ 재능이 없을까 봐, 늘 불안했던 것 같아요."

재능? 명랑이 네가 재능이 없을까 봐 늘 불안했다고? 초등학교 때부터 글 잘 쓰는 애라고 소문났던 네가? 3월에 입학하자마자 사회 선생님이 〈중학생의 마음가짐〉이라는 주제로 글을 쓰라고 시켰을 때, 그때도 명랑이 네가 우리 반에서 제일 잘 썼다고 칭찬받지 않았어?

나는 깜짝 놀라 명랑이 얼굴을 다시 쳐다봤다. 명랑이처럼 모두가 인정하는 아이도 재능이 없을까 봐 불안했다니!

"말도 안 돼!"

"명랑이 네가 재능이 없으면 우린 뭐냐?"

"미쳤다!"

다른 애들도 나와 같은 생각을 했는지, 여기저기서 이해할 수 없다는 말들이 튀어나왔다.

"단 한 번도 시도해 본 적이 없었으니까요. 작가가 되고 싶다, 작가가 될 수 있다, 겉으로만 말해 놓고 단 한 번도 도전해본 적은 없었거든요. 그래서 불안했나 봐요. 정말 작가가 될 수 있는지, 재능이 있는지 확인해 본 적조차 없으니까요. 꿈은 정했는데 정작 꿈을 향해 노력하거나 시도했다가 좌절하게 될까 봐 너무 무섭고 두려웠어요. 있잖아, 우리 3조!"

명랑이가 옆으로 고개를 돌려 나란히 서 있던 우리를 향해 미소 지었다.

"고마워. 너희들 아니었으면 나, 진짜, 몰랐을 것 같아. 실패를 계속해야 꿈을 이룬다는 거, 정말 당연한 거잖아. 그 당연한 걸 난 왜 몰랐을까? 앞으로 나 자주 실패하고 좌절할 거니까, 그때마다 너희들이 내 응석 받아줘라. 알았지?"

명랑의 말에 우리는 누가 먼저랄 것 없이 고개를 끄덕였다. 앞으로 자주 실패하고 좌절할 거라고 말하는 명랑이가 내 눈에는 백일장에 나가서 최우수상을 받아와 수상소감을 말하는 당선자보다 더 멋져 보였다.

짝짝짝!

누군가 박수를 쳤다. 누군가 브라보를 외쳤다. 앞으로

여러 번 실패하고 좌절하겠다는 명랑이의 선언에 우리 반 아이들은 브라보를 외치며 격려의 박수를 보냈다.

　나는 한 달간 꿈 찾아 주기 수행 평가를 함께 했던 황영웅, 윤현정, 이명랑과 옆으로 나란히 서서 내 앞의 아이들을 바라봤다. 앞으로 우리가 어떤 꿈을 갖게 된다고 해도 무조건 응원해줄 것 같은 아이들을. 그리고 이제 막 내 안에서 꿈틀거리기 시작한 내 꿈에 대해 말할 수 있었다.

　"지금까지 우리 3조의 이야기를 들어주셔서 감사합니다. 마지막으로 제 꿈에 대해 얘기하면, 제 꿈은! 그런 직업이 있는지 없는지는 잘 모르겠지만 아무튼 전! 이번 수행 평가 과제를 하면서 우리 조원들 갈등을 해결했을 때 정말 뿌듯했고요, 황영웅 할머니 콘서트를 못 하게 될 뻔 했는데, 그걸 해결했을 때도 완전 뿌듯했습니다. 게임에서 레벨 업 했을 때보다, 킥 보드 잘 타게 됐을 때보다 훨씬 더 뿌듯했거든요? 아직 꿈은 없지만 만약 제가 꿈을 갖게 된다면, 평생 뿌듯할 수 있는 일을 하고 싶습니다! 이상으로 우리 3조의 발표를 마치겠습니다."

마지막으로 내가 발표를 마쳤을 때, 3조 아이들은 내가 박수를 받은 영웅을 바라봤을 때와 똑같은 눈빛으로 나를 바라봤다.

우리가 똑같은 눈빛으로 서로를 바라보며 뿌듯해 하는 사이에 벌써 반 아이들 중 몇몇은 우리가 발표를 시작하기 전에 나눠 준 설문지의 빈 칸을 채우고 있었다.

우리가 나눠 준 설문지에는 "꿈은 미래에서 온다"라는 제목 아래 '미래의 내가 지금의 나에게 꼭 해 주고 싶은 말이 있다면?', '10년 뒤에도 당신의 가슴을 뛰게 할 일이 있다면?', '당신만의 보물 지도가 있다면 어떤 보물을 숨겨 놓겠습니까?' 등등의 질문들이 씌어 있었다.

"작성한 설문지는 충분히 고민하면서 작성하고, 1학년 끝날 때까지 저한테 제출해 주시면 되겠습니다!"

나는 큰소리로 외치며 3조와 함께 우리 반 아이들이 이제 막 채우기 시작한 빈 칸, 우리 앞에 높인 미래라는 빈 칸을 향해 성큼 발을 내딛었다.

Q 저는 꿈이 없어요. 어떻게 해야 할까요?

꿈이 없어서 고민이라구요? 너무 걱정하지 마세요. 우리 친구만 그런 건 아니니까요. 중학교에 올라온 뒤로 "네 꿈은 뭐니?" 라는 질문 정말 많이 들었죠? 그런데 정작 이 질문에 선뜻 대답할 수 있는 친구는 몇 명이나 될까요? 아마도 많은 친구들이 같은 고민을 하며 고개를 갸웃거릴 거예요. "대체 내 꿈은 뭘까?", "어떻게 해야 꿈을 찾을 수 있지?" 고개를 갸웃거리며 고민하고 있다는 거, 선생님도 잘 알고 있답니다.

그런데 고민만 한다고 꿈을 찾을 수 있을까요?

꿈은 저절로 찾아지는 것도, 저절로 이루어지는 것도 아니랍니다.

꿈을 찾으려면 제일 먼저 '나'를 알아야 해요. 내가 좋아하는 것, 잘하는 것, 나만의 개성과 특성은 무엇인지까지, 가만히 '나'를 들여다보고 '나'를 알아가야겠죠?

이렇게 '나'를 알아가는 과정은 '나'를 탐색하는 과정이기도 해요. 탐색 과정에서는 아직 어떤 선택도 할 필요가 없어요. 이 과정에서 진로 상담 프로그램에서 상담을 받아볼 수도 있구요, 세상에 존재하는 수많은 직업들 중에서 나에게 맞는 직업이 뭘까 찾아볼 수도 있답니다. 직업에 대해 조사하다 보면 "어머나, 이런 직업도 있었어?" 내가 몰랐던 직업들도 참 많이 있다는 걸 알게 될 거예요. 직업탐방이나 직장견학, 다양한 분야의 전문가들을 만나보거나 동영상 등을 보며 탐색해보는 것도 좋겠죠?

연주회, 공연, 미술관, 체육 활동, 취미 활동을 통해 내가 무엇을 좋아하고 잘하는지, 나에게 '나'를 파악할 수 있는 다양한 기회를 제공해주는 것도 추천해요. 아직 여러분은 찾고 있는 중이잖아요. 이럴 땐 다양한 경험을 많이 할수록 좋으니까요.

대체 내 꿈은 뭘까? 아무리 찾아도 "꿈"을 찾을 수가 없다구요?

그럴 땐 지금 하는 공부에 최선을 다하는 것도 필요해요. 늦게 적성을 발견할 수도 있거든요. 공부를 열심히 해두면 적성을 발견했을 때 더 잘 할 수 있는 역량이 생기거든요. 또 공부를 열심히 해두면 나중에 갈 수 있는 직업 분야의 선택폭이 넓어지거든요.

아직 꿈이 없다구요? 무슨 걱정이에요? 우리 친구들은 아직 탐색 중인 걸요? 찾고 있는 동안에는 우리 친구들이 바로 "무한한 가능성" 그 자체랍니다.

Q 꿈이 생겼다면 무엇을 해야 할까요?

꿈을 찾았다면 이제 무엇을 해야 할까요?

맞아요. 도전해 봐야죠. 도전하고 실패하고 좌절하고, 그리고 한 번 더, 또 한 번만 더, 마지막으로 한 번만 더 도전해야 한답니다.

꿈을 이루기 위해서는 먼저 어떤 준비들을 해야 하는지, 어떤 과정을 거쳐야 하는지, 어떤 공부를 해야하는지 구체적으로 찾고 실행해야겠죠. 그리고 그 꿈을 이루기 위해 매일 매일 차근차근 노력해야 한답니다.

그런데 처음엔 재미있을 줄만 알았던 일도 막상 해보니까 너무 어렵고 지루하고 힘들기만 할 수도 있어요. 막상 도전해봤더니 너무 어려워서 도저히 해낼 수 있을 것 같지가 않을 수도 있어요.

이럴 땐 가만히 멈춰 스스로에게 질문을 던져보는 거예요.

나는 진짜 이 길을 가고 싶은가?

가만히 눈을 감고 상상해보는 거예요.

꿈을 이루어냈을 '미래의 나'의 모습을요.

그리고 눈을 뜬 순간, 눈 앞의 어려움 같은 건 아무 문제도 되지 않을 만큼 '미래의 나', '꿈을 이룬 나'의 모습이 너무 멋지고 너무 행복해서 다른 모습의 나는 상상조차 할 수 없다면 자, 다시 한 번 외쳐보는 거예요.

마지막으로 한 번만 더!